Le Passeur

DU MÊME AUTEUR

Aux Éditions Stock

Le Regard du voyageur

Chez d'autres éditeurs

L'Enfant d'Édouard

Sébastien Doré

La Gare de Wannsee

Le Jour de l'éclipse

L'Heure de gloire

Les Enfants du siècle

Corps de pierre
Gisants de la basilique de Saint-Denis
photos de Patricia Canino

François-Olivier Rousseau

Le Passeur

Stock

à Helmut Hartz

I.M. ?

« Quand on est à Cher-bon-Grand-Fond,
c'est mieux qu'ici, mais il faut encore attendre
pour y aller. »

La Sequestrée de Poitiers

« She smiled to herself, and whispered,
Look ! I've stopped the drift ! »

Tennessee Williams

Je ne connais pas son adresse ni son nom. Je ne lui ai demandé que son prénom, mais comme il l'a prononcé deux fois d'une manière un peu différente, je ne suis même pas sûr de la première voyelle. S'agit-il d'un « e » ou d'un « i », Nessim ou Nissim comme dans le *Quatuor d'Alexandrie* ?

Je ne l'ai jamais vu que le front ceint de cette espèce de diadème de coton que coiffent les domestiques pendant leur service. Un tel accessoire altère insidieusement la physionomie et il n'est pas impossible que si j'avais croisé Nissim par hasard dans la rue, à l'époque même où son visage commençait à m'obséder, tête nue, je ne l'aurais pas remis tout de suite.

Son corps se dérobe aussi. Une large djellaba blanche n'en laisse apparaître que des fragments, des échantillons, pourrait-on dire : quelques centimètres de peau mate visibles par l'échancrure du col, des avant-bras minces et duveteux dont les muscles, tendus par le poids du plateau qu'ils portent, saillent et se dessinent comme sur un écorché, des chevilles et des mollets très velus, en contraste avec les joues à peu près imberbes.

Par ce qu'on en devine, ce corps hésite entre la gracilité et la force. Les attaches sont fines, les mains longues et étroites. Mais le cou délié repose sur des épaules massives et le dos que moule de plus près l'étoffe de la djellaba à l'instant où le garçon se penche pour verser du vin dans un verre est un dos large et un peu courbé de travailleur de force. Un dos à monter les pyramides, pierre à pierre.

A partir de la taille, les plis amples de la djellaba font que le reste de son anatomie relève de la supposition.

De quotidiennes visites aux hammams m'ont amené à observer chez les jeunes gens d'ici deux grands types morphologiques. Dans le premier, la cuisse allongée et fine s'inscrit dans le prolongement de la hanche, formant avec elle, d'un seul trait, une ligne légèrement biaise. Les fesses sont étroites et petites, attachées assez haut, et dessinent, de profil, un demi-cercle parfaitement convexe.

Le second type est marqué par une hypertrophie de la cuisse qui s'évase et dont le contour extérieur a une forme cintrée. La fesse est protubérante et un peu lourde, c'est en définitive la fesse du virtuose callipyge de *La Sonate à Kreutzer*, si précisément et si magistralement décrite par Tolstoï.

Je remarque chez certains usagers du hammam une disposition particulière de la pilosité. La bande de poils qui couvre la face postérieure de la cuisse reflue, un peu moins drue, un peu moins dense, jusqu'à mordre sur le retour de la fesse dont elle souligne le galbe d'un cerne obscur, à la manière des estompes qui marquent les reliefs dans les académies et qu'on trace en frottant le bâton de fusain à plat contre la feuille de papier. Cette particularité n'appartient pas spécialement à un type ou à l'autre, on la relève çà et là chez les deux.

Je ne peux décider en définitive dans quel type ranger Nissim. Je passe en revue les images que je garde de lui dans l'espoir d'y découvrir un indice que j'aurais négligé jusque-là et qui plaiderait en faveur de l'une ou de l'autre hypothèse...

Ces spéculations sont plus douloureuses que

voluptueuses, elles me rappellent surtout qu'il m'échappe, que l'air est lourd de son absence, que son visage se désintègre déjà dans mon souvenir.

Ses traits exacts s'effacent sans pourtant que se dissipe l'impression qu'ils ont produite sur moi et sans que s'épuise l'élan qui me lance à leur recherche.

J'évalue à fort peu mes chances de le retrouver. Quand je pense à lui, l'image de l'aiguille dans la meule de foin vient spontanément confirmer mon pessimisme. La meule est une de ces rues sans trottoirs qui grouillent, vers cinq heures, d'une circulation désordonnée. Des fiacres, des vélos, des camions même y fendent en tout sens le flot continu de la foule qui ne met qu'un instant à se refermer sur eux. La foule absorbe tout, les animaux errants, les passants singuliers, les véhicules, elle en fait de la foule.

Mon peu d'espoir de le rejoindre me dispense d'imaginer ce que je ferais si pourtant, un jour, je le voyais émerger de cette multitude et se tenir à nouveau devant moi. Il n'y a pas que son absence qui me sépare de lui. Ma phobie des maladies me le désigne comme une vénéneuse hantise. Une séduction trop manifeste alliée à trop de cupidité et à trop de bêtise fait pressentir chez lui un passé d'imprudences lamentables. Il serait miraculeux que le sceau de la mort ne soit pas déjà sur lui.

Parfois, je rêve de lui, pas souvent mais parfois. Le rêve exprime une autre angoisse que j'ai aussi à l'état de veille.

J'avance dans une rue populeuse que traversent des hordes de jeunes gens. Ils ont tous sensiblement le même âge, sont tous à peu près semblablement vêtus d'un blue-jean de mauvaise qualité, d'un T-shirt et d'un blouson de nylon. Ils sont chaussés de sandales en peau de chameau, de fabrication locale, ou bien, au contraire, des Nike les plus perfectionnées, celles qui sont montées sur coussinets à air. Mais ces chaussures coûteuses sont usées et souvent déchirées. J'en détourne prestement le regard, l'attention portée aux pieds est ressentie ici comme une intolérable indiscrétion. Tel qui ne se formaliserait pas que des yeux étrangers s'attardent sur sa braguette et y porterait même éventuellement la main dans un geste d'offrande, ne souffre pas que le même regard s'arrête sur ses pieds. Déformés, mal tenus, foyers d'une putréfaction plus ou moins perceptible à l'odorat, il les reconnaît pour ce qu'ils sont, le baromètre infaillible de sa misère.

J'avance dans la rue en croisant toujours ces hordes pressées et bruyantes. On serait excusable d'imaginer que les garçons qui les composent se hâtent vers quelque chose d'impératif et de précis, qu'ils vont à un rendez-vous ou vers le lieu de leur travail, ou bien encore au-devant d'une nouvelle importante. Il n'en est rien. Leur diligence ne répond pas à un souci de ponctualité, aucun enjeu particulier ne la motive. J'ai d'abord cru qu'elle ne tenait qu'à un mépris de la flânerie révélatrice d'une oisiveté louche et peu valorisante. J'ai fini par comprendre : cette précipitation sans but, c'est le pas immémorial de la survie.

Je les dévisage au passage. Certains ont entrepris de blondir leur chevelure ténébreuse qui, sous l'effet de l'eau oxygénée, est passée de l'aile de corbeau à une sorte de marron orangé. Ils imaginent que je les regarde et parfois une œillade d'acquiescement répond à ce qu'ils prennent pour une marque d'intérêt. Mais je ne les vois pas vraiment. Dans tout ce qu'embrasse mon regard, je le cherche. Cette quête est devenue un réflexe machinal, presque insensible... Brusquement il m'apparaît. Mais au lieu que la beauté dont j'ai le souvenir le signale d'une manière éclatante, je suis consterné de voir combien il tranche peu sur la masse de ces garçons vulgaires, combien il s'est abîmé en une année à peine. Il a quelque chose d'irréparablement flétri dans la physionomie et l'allure. De la boue séchée macule le bas des jambes de son jean et des auréoles de sueur sont visibles sur le maillot de corps douteux. Il a l'air sale et fatigué. Il m'a reconnu le premier et le sourire indécis qu'il m'adresse révèle une ombre, il a commencé à perdre ses dents. Je croyais que ne pas le retrouver, jamais, était la plus terrible fin possible à cette histoire. Je serais assez hypocrite pour proclamer que le revoir dans cet état est bien pire, mais en réalité je n'en pense rien et quelque chose au fond de moi, dans la révulsion et le dégoût certes, jubile quand même.

Il me fixe crapuleusement et ni la vergogne, ni la prudence, ni un sursaut d'amour-propre ne me feraient détacher de lui mes yeux où il doit déceler, pire qu'un consentement, de la soumission. Je lis au même instant dans les siens une affirmation provocante à laquelle je cherche à donner forme. Ma mémoire me souffle un vers d'Apollinaire : « *Je suis le souverain d'Égypte* », déclare le voyou dans *La*

Chanson du mal-aimé. C'est exactement ça qu'il semble dire.

Il perçoit la mesure de ma surprise, il devine assez bien par quels sentiments je passe et comme sa nouvelle apparence déjoue mes rêves et me bouleverse. Il me met au défi de m'abuser davantage, il m'assure qu'il n'est pas une apparition, que la djellaba blanche et le diadème, ces oripeaux pour Mille et Une Nuits, n'étaient qu'un leurre auquel j'ai trouvé opportun de me laisser prendre, mais que sa vérité est plutôt dans ces vêtements occidentaux bon marché et crasseux, qu'il n'est pas un génie échappé d'une bouteille ni l'Antinoüs des oasis, qu'il n'y a pas eu erreur sur la personne... Qu'il faut bien admettre que je l'ai aimé comme il se révèle à présent, pour sa pauvreté et pour sa crasse. Il proteste qu'il est fait du même limon que les autres, qu'il est susceptible des mêmes complaisances et capable des mêmes ardeurs au même tarif. Si j'en doutais encore, une invite obscène dans le sourire édenté me le confirme.

Je me réveille dans la grâce d'un matin d'un autre monde. D'ici, la puanteur et la cohue de la ville proche ne sont imaginables qu'au prix d'un effort. L'irrésistible séduction de cet endroit a fini par me gagner. Moi qui ne prétendais aimer que les paysages vivifiants et nets, les mers pâles, les fragiles étés du septentrion, j'ai été pris à cette traître douceur. Je sais qu'elle participe en l'occurrence d'un luxe exorbitant, mais je mets toute ma mauvaise foi à l'oublier. Je tiens la recherche du luxe pour dégradante. Tous les amateurs de luxe sont de grossiers parvenus, sauf moi, bien sûr, dont la sensibilité éclectique sait n'en considérer que les éléments inappréciables. Comme cette exquise sensation de couleur locale qu'on éprouve ici.

Les djellabas blanches des serviteurs apparaissent et disparaissent entre les palmes des bananiers et les arceaux des bambous. Celui qui m'apporte mon petit déjeuner lui ressemble vaguement par la stature et le port de la tête. Il est d'ailleurs apparu le jour précis où l'autre a disparu et je soupçonne qu'il a été engagé pour le remplacer. C'est pourquoi je me suis pris pour lui d'une antipathie immédiate.

Ce m'est une épreuve désagréable que de le voir venir à moi, du bout de l'allée aux jasmins, en balançant légèrement son plateau. De loin en effet, pendant un douloureux instant, c'est à s'y méprendre. Il a la même taille, je l'ai dit, et la forme générale de son visage à lui aussi est celle d'un diamant dont les joues creuses seraient les facettes majeures. En outre, la djellaba blanche et le diadème de l'uniforme (ceux-là mêmes, peut-être, qu'il a repris à son prédécesseur) concourent odieusement à les faire confondre. Mais à mesure qu'il s'approche, la ressemblance se dissipe. Le nez est trop long et trop fort, une moustache épaisse de garçon de bain couvre à demi la lèvre supérieure de la grosse bouche dont la chair n'est pas rose ni ocre, mais grisâtre comme de la chair d'escargot. Il n'est pas encore dix heures du matin et le five o'clock shadow modèle déjà son visage, contribuant à une expression patibulaire. Pourtant cet homme doit expier son usurpation, je lui trouve des yeux définitivement tristes.

Le dépit me rend injuste et je me surprends à lui parler d'un ton sec que l'impeccable réserve de son maintien n'a pas mérité. Le remords m'envahit aussitôt et, comme il va sortir, je l'interpelle pour lui donner un gros pourboire. Il tend la main pour le recevoir. J'aperçois qu'il est marié. Une alliance de métal blanc orne son annulaire aux phalanges velues.

Un peu plus tard dans la journée, je le retrouve de service au bar et je lui demande un verre d'eau qu'il m'apporte avec empressement en souvenir du pourboire du matin. Bien qu'il s'agisse d'eau minérale, il refuse que je le paye et je lui redonne un autre pourboire généreux mais raisonnable cette fois.

Il regagne sa place derrière le bar et joue à ranger les verres. Je suis distraitement le reflet de la djellaba blanche virevoltant dans la glace à pans coupés. Quand il est de dos et que je ne vois de lui que ses cheveux noir-bleu couronnés du diadème de coton, la similitude avec l'autre est si parfaite qu'elle en est poignante. Puis il se retourne et me présente sa face morne, comme on ferait une plaisanterie cruelle.

Il s'assure d'un coup d'œil que personne ne vient, que nous sommes bien seuls dans la pièce, et il s'approche de moi, sous prétexte de passer un linge humide sur le guéridon devant lequel je suis assis. Il me parle, s'enquiert du temps que je compte rester à l'hôtel. Pour faire oublier ma sécheresse de tout à l'heure, je lui réponds aimablement. J'affecte de m'intéresser à ses horaires de travail, j'ai noté que, depuis que je suis là, il ne s'est pas absenté un seul jour, il m'apporte mon petit déjeuner et je le vois encore servir le dîner. Quand a-t-il le loisir de rendre visite à sa famille ? Presque jamais ou alors en coup de vent, telle est sa réponse. Les jours de sortie ne constituent pas un droit, ils sont exceptionnels et irréguliers. Les membres du personnel se voient accorder de temps en temps quelques heures ou une journée, lorsque le service le permet. Il ajoute cependant, après une brève hésitation, en se penchant un peu vers moi de manière que ses yeux rencontrent mes yeux, qu'on lui a promis un congé à la fin de la semaine prochaine. Il aimerait en profiter pour m'inviter chez lui, murmure-t-il précipitamment. Une seconde je reste stupéfait. Je sais de quelles tractations ces offres d'hospitalité sont le préambule. Tout le monde le sait. N'a-t-il pas peur que je le dénonce à la direction de l'hôtel ? Pourquoi m'a-t-il choisi pour courir le risque ? Ai-je si mauvais genre ? Ai-je tellement l'air riche ? J'accepte aussitôt avec simplicité.

Pour lui signifier que je perçois bien ses intentions, je continue à fixer ses yeux dont une furtive lueur de cupidité et de lubricité mêlées n'a noyé qu'un instant l'expression de tristesse. Je suis navré, soudain...

Ce que je vais dire maintenant ne serait pas compréhensible sans quelques mots d'explication. Depuis que j'ai renoncé à mes ambitions littéraires, depuis que j'ai délibérément laissé s'atrophier en moi le don de conviction qui les servait, j'ai senti s'en manifester un autre – don dans la pleine acception du terme, celui-là – qui m'effraie en même temps qu'il me remplit d'une étrange fierté. Il s'agit d'un talent médiumnique dont j'ai déjà vérifié l'exactitude, bien que je n'aie pas encore appris à en contrôler ni à en exploiter la puissance. Il me révèle par fulgurations inattendues des pans de l'avenir des autres. Ainsi je n'ai pas besoin de voir, dans les yeux de cet homme, l'orbe bleuâtre qui se développe à la lisière de la cornée et de l'iris, pour deviner qu'il est voué à une cécité atroce.

Je ne veux pas me laisser aller à la résignation, à la délectation morose des regrets. Je me persuade que le retrouver est encore possible si j'y consacre toute ma volonté, toute mon énergie, tout mon temps.

En ville, j'ai noué des contacts, j'ai constitué un embryon de réseau qui sert mes plans, sans doute, mais en ralentit l'exécution. On veut faire durer l'aubaine. Mon obsession amoureuse (est-ce bien l'adjectif ?) règle des retards de loyer, nourrit des familles, installe une ligne de téléphone, paye le remplacement d'un carter de Vélo Solex caramélisé par la malveillance d'un concurrent vindicatif qui y a versé du sucre en poudre. Je n'ai rien contre le fait de payer et d'ailleurs je n'ai pas le choix. Mon entreprise est de celles qui nécessitent pour réussir l'appui de complicités stipendiées.

Je me suis abouché avec un garçon taciturne dont toute l'activité consiste à battre le pavé des ruelles commerçantes en quête de proies, à fondre sur les voyageurs étrangers qu'il repère et à les convaincre qu'ils se sont perdus. Ensuite, sourd à leurs protestations d'indépendance, il joue auprès d'eux le rôle de poisson pilote. Je l'ai élu pour son air triste – lui aussi – et pour son physique ingrat. Sous prétexte qu'il est moche je trouve plus facile de lui faire confiance.

Momentanément délivré par ma prodigalité des soucis de l'intendance, j'attends qu'il mette au service de ma cause l'incroyable ténacité qu'il emploie d'ordinaire à survivre. Je comprends vite qu'il n'en fera rien. Comme la plupart des gens, il est incapable d'adapter son comportement à un cas d'espèce, à une demande singulière. Il ne peut faire avec moi que ce qu'il a appris à faire une fois pour toutes avec les riches Occidentaux dont il tire sa subsistance. Il me ment et réclame davantage d'argent dans l'intention d'aller le boire pour oublier. Lui aussi, semble-t-il, a des choses à oublier. Quand je lui donne ce qu'il demande, il me regarde avec curiosité et sa main qui va saisir les billets marque une hésitation presque imperceptible. La facilité avec laquelle je me laisse dépouiller l'inquiète un peu. Il est entraîné à venir à bout de proies qui se débattent. Il m'en veut de ma passivité qui manque aux règles du jeu et le frustre de déployer tout son savoir-faire. La résignation lucide qu'il devine chez moi lui fait un peu peur.

Je pensais, pour une fois, avoir noué une relation saine, dénuée d'équivoque, entièrement fondée sur l'argent. Il semble que rien ne soit jamais aussi simple.

Quand j'ai requis ses services, Adel a accepté aussitôt avec un sourire entendu et ne m'a posé aucune question superflue. Le but que je recherchais lui apparaissait aussi évident qu'innommable. Mais au bout de quelques jours, la persévérance de mon obsession l'intrigue, le déconcerte et lui inspire de m'interroger sur un mode vaguement accusateur, comme si j'étais coupable de lui avoir caché quelque chose. Et d'abord, pourquoi suis-je prêt à dépenser tant d'argent pour retrouver la trace de ce garçon ? Dans quel espoir ? Je lui réponds que je ne sais même pas si j'en espère quelque chose. Je n'ai encore jamais envisagé ce qui se passerait après, si par miracle je le retrouvais. Il fronce les sourcils. Ma réponse candide lui paraît spécieuse. Qu'a-t-il de si extraordinaire, *l'autre* ? Là encore, mon explication laissera Adel peu satisfait. Je lui représente que la séduction de Nissim tient non seulement à sa beauté mais aussi – peut-être surtout – à l'expression de joyeuse bêtise qui l'anime. Quand j'observais l'incompétence irréfléchie avec laquelle il s'acquittait de son service à l'hôtel, elle me bouleversait. Elle le désignait déjà comme une victime de la sélection naturelle insensible au charme qui émane des bonnes volontés. Lorsqu'il venait à moi, du fond de l'allée aux jasmins, sa silhouette blanche balançant au rythme de son pas vif, j'avais l'impression de voir un condamné traversant un champ de mines.

Adel hoche la tête lentement comme quelqu'un qui serait enfin fixé sur mes motivations. Je sais qu'il n'est pas fixé du tout.

Adel est dans la situation d'un homme qui

aurait ramassé un portefeuille et qui se repentirait de l'avoir porté aux objets trouvés. La récompense promise pour sa belle probité ne lui semble plus suffisante, c'est le portefeuille qu'il veut. Lorsque je l'interroge sur ses démarches, je devine à son air évasif qu'il a renoncé à trouver *l'autre*, comme il l'appelle. Il a résolu de me garder pour lui. Je suis le portefeuille.

On ne parle plus de *l'autre*, c'est un sujet qui agace Adel, il me le fait comprendre et me signifie dans la même phrase qu'il m'invite à dîner *dans sa maison*. Il ne me prend pas en traître, il ne me laisse pas ignorer l'implication symbolique de l'événement. Il est important que je mange son pain, me représente-t-il avec une solennité menaçante. Je comprends que lorsque ce sera chose faite, un palier aura été franchi dans le destin de notre relation. Aucun retour en arrière ne sera possible. Ce repas a quasiment valeur de fiançailles.

Il n'aura pas lieu dans la maison d'Adel – un gourbi indigne de ma visite, où règne un patriarche septuagénaire mais encore prolifique puisque la plus jeune sœur d'Adel n'est âgée que de deux ans. Il aura lieu dans la maison d'un ami qui est comme *sa* maison.

On boira du vin et il revient à l'infidèle que je suis d'aller en acheter quelques bouteilles à un guichet où on le débite discrètement, au fond d'une ruelle.

Un taxi délabré nous attend avec deux hommes à bord. Cela n'a rien d'inquiétant. J'ai remarqué qu'à l'instar des Boeing les taxis d'ici sont fréquemment soumis au double pilotage.

Nous roulons sur des routes mal éclairées dans la voiture mal suspendue.

Le burnous de laine du copilote sent vaguement la chèvre. Cette odeur me rappelle les pelisses importées d'Afghanistan sur l'instigation d'une mode férue de homespun et d'exotique rugueux, au début des années soixante-dix. Ces pelisses aux riches broderies et au tannage sommaire enveloppaient leurs propriétaires d'une légère pestilence. Dans la salle de la cinémathèque de la rue d'Ulm, surtout après les pluies, la puanteur dégagée par le grand nombre de ces hardes était intenable.

La maison de l'ami d'Adel qui est comme la maison d'Adel consiste en deux ou trois bâtiments disparates, sans étage, autour d'une cour.

Nous sommes dans une grande pièce vide qui pourrait être un hangar à vélos. Les murs sont vert pistache mais çà et là des écaillures dans la peinture brillante laissent deviner qu'ils étaient précédemment bleu turquoise.

Des femmes s'agitent, non loin, dans une cahute pleine de lits. Elles préparent le dîner. A part les ombres portées que fait glisser sur le mur la lumière d'un fanal, elles sont invisibles. On les entend pourtant s'interpeller et s'admonester les unes les autres, sans douceur, si l'on en juge par leurs intonations.

Dans le hangar à vélos, la conversation entre Adel et son ami est plus calme. Ils échangent de ces banalités mornes, de ces phrases brèves, à peine articulées, par lesquelles les vieux couples qui n'ont plus besoin de se parler pour se comprendre meublent le silence de leur intimité. Du moins je suppose que c'est de cela qu'il s'agit, puisque leur conversation emprunte une langue incompréhensible pour moi.

Adel a décidé de se saouler. Il se saoule régulièrement, deux fois par semaine, m'informe-t-il, comme il me livrerait la confidence d'une habitude hygiénique. C'en est une d'ailleurs. Il se saoule pour purger son esprit des soucis qui l'accablent le reste du temps, des « problèmes », comme il dit.

L'ami réagit par un hochement consterné.

Adel s'est mis à boire le vin aigre au goulot et il ne tarde pas à extérioriser pour nous son degré d'ébriété. Je l'observe, mi-distrait, mi-gêné par cette comédie. L'ami dénonce ses gesticulations comme les symptômes d'un mal chronique : « Les problèmes, toujours les problèmes ! » L'ami sait juste assez de français pour me laisser entendre que les problèmes d'Adel ont une source invariable et qu'il n'en est aucun dont un peu d'argent ne suffise à venir à bout.

Pour suppléer à la conversation languissante, on a mis de la musique. Adel commence à danser sur place au son de la radiocassette. L'exubérance qu'il affiche n'est pas seulement contrainte, elle a quelque chose de douloureux.

Le vin n'a pas réussi à lui faire oublier ses tourments. Il se plaint de sa vie, de son père sénile et autoritaire, de la ribambelle de ses frères et sœurs qu'il doit faire manger, du propriétaire qui menace de les expulser tous si on ne lui paye pas un an de loyer d'avance. Pourtant, soupire-t-il, à tous ces problèmes, une solution providentielle s'était offerte. Une touriste américaine s'était prise d'affection pour Adel, à cause de sa ressemblance avec un fils qu'elle venait de perdre. Elle voulait l'emmener en Amérique... Je reconnais dans cette libre adaptation des éléments intacts du scénario de *Sans famille*. L'Américaine qui a distingué Adel n'est pas non plus n'importe qui, elle possède tout le maïs de l'Iowa ou toutes les oranges de Californie ou toutes les carcasses des abattoirs de Chicago. Dans les rêves éveillés qu'ils vous racontent, ces garçons qui n'ont rien ne doutent de rien non plus. Ceci est peut-être le corollaire de cela. Adel qui se flatte d'avoir eu un instant tout l'or du monde à portée de la main n'est pas un cas unique. Tel autre qui se targue d'une belle voix fera seulement dépendre de l'obtention d'un visa pour la CEE ses débuts fulgurants dans une série de concerts au minimum triomphaux. Un troisième qui frise la trentaine, qui commence à paumer ses douilles et dont le charme résiduel succombe aux progrès d'une graisse insidieuse, déclarera envisager une carrière au cinéma, dans l'emploi de terroriste libanais pour films d'action. Il ne refusera pas un second rôle aux côtés de Brad Pitt. Tous ne rêvent pas aussi éhontément, c'est l'apanage des plus perdus. Est-ce parce qu'ils sont perdus qu'ils rêvent ou bien est-ce le poids du rêve qui les a fait dégringoler plus vite jusqu'au fond ? Quelle est la cause et quel est l'effet ?

Pour en revenir au rêve d'Adel, il avait

connu une fin abrupte lorsque le patriarche s'était opposé au départ de son seul soutien. Et Adel avait dû renoncer à l'avantageuse carrière d'héritier de substitution.

L'ami nous a quittés un instant pour aller voir, dans la cahute aux paillasses, où en sont les préparatifs du dîner. Adel profite de son absence pour me confier qu'il n'a bu que pour se donner le courage de me dire ce qu'il va me dire. « Le Dieu connaît mon cœur, pose-t-il en exorde, si tu veux oublier *l'autre*, je veux bien être avec toi. » Il s'est mis à genoux dans la posture qui convient aux déclarations. Sa main, placée sur ce cœur que Dieu connaît, atteste de la sincérité de son souhait. Je n'en doute pas d'ailleurs, le bénéfice de ma fréquentation représenterait un pis-aller à l'offre de l'Américaine – offre moins ferme et, si même elle fut faite, beaucoup moins mirobolante, j'en jugerais, qu'Adel ne se plaît à se la rappeler. Il me regarde d'un air interrogateur, guettant ma réponse.

Le compromis de consolation qu'il me propose pourrait dissiper ses *problèmes*. Et il me garantit que je n'aurais pas à m'en plaindre non plus. J'aime l'ingénu cynisme qui lui fait définir si clairement les intérêts des deux parties, désigner sans détour ce qui se vend et ce qui s'achète. Le marché est honnête, aux termes duquel Adel me rejoindrait dans mon lit avec la même ponctualité indifférente qu'il met à venir m'attendre chaque jour devant la porte de mon hôtel. Il me propose de contracter auprès de lui l'assurance d'une étreinte indéfiniment réitérable, exempte d'entrain comme d'ailleurs de dégoût. Décidément, le désir (celui qu'il faut bien éprouver au minimum pour accomplir les œuvres de la chair) relève chez ces gens d'une délibération mentale dont la mécanique froide me demeure un mystère.

Sans doute devrais-je accepter l'offre d'Adel. Une relation confortable et machinale, à l'abri de toute passion, je ne peux pas espérer mieux, à mon âge, pour la paix de mon esprit. Pourtant cette offre je la décline. Ma jeunesse dévergondée (à une époque où les jeunesses pouvaient l'être sans risque) n'est pas si lointaine qu'il ne m'en revienne encore une impression de satiété et un souvenir de caresses recommencées comme par acquit de conscience, sur des corps divers, mais indifférenciés dans l'ennui qu'ils m'inspiraient. S'il faut dire les choses, je n'ai jamais vraiment pris mon pied. Je n'ai pas la nostalgie des épidermes. En mon temps, j'ai possédé sur le bout des doigts l'étiquette des rencontres évasives, j'ai épuisé à travers celles-ci la curiosité des étreintes sans ravissement et sans drame.

Non, ce que je voudrais connaître une fois, c'est justement ce que l'âge a mis hors de ma portée : la passion et cette saveur spéciale qu'elle donne, paraît-il, à la peau de l'autre.

Dans le taxi revenu me chercher, le pilote et le copilote se repassent un long calumet qui grise. Comme je m'enquiers de ce qu'ils fument, le copilote au burnous qui sent la chèvre se retourne pour m'en proposer une bouffée. J'aperçois alors son visage, plus jeune que je ne croyais, qu'encadrent d'ombres seyantes les pans du capuchon relevé. Une barbe de deux jours noircit ses joues et en accuse l'élégant creusement. Il ressemble à un muletier de Delacroix.

Je deviens très aimable avec lui, confiant qu'on pourra mettre sur le compte de l'effet produit par la pipe mon élan de familiarité soudain. Au moment où je lui rends le calumet, je me penche un peu vers lui. Dans la perspective des projets que je caresse depuis un instant, je veux m'assurer que c'est bien le lainage et non l'homme lui-même qui exhale ce fumet caprin.

Il a répondu à mon affabilité par une affabilité égale, mais teintée de réserve. Je comprends. Comme c'était déjà souvent le cas autrefois lorsque je voyais mes avances repoussées, le soulagement l'emporte très vite sur la déception.

Je m'allonge sur la banquette arrière, je m'abandonne à un vague bien-être où il entre aussi un peu d'amertume.

Le copilote se retourne à nouveau pour me tendre le calumet. Si cette scène de genre coloniale appartenait à un film de Duvivier, on verrait Le Vigan saoul de haschisch sur sa banquette et Lucas Gridoux dans le rôle de l'homme au burnous.

– Vous en voulez, M. François ?

Il prononce *m'sieur*, en élidant. Comme il se doit. Dans cet ancien mandat on parle encore un peu le français de Gyp et du duc de Maulévrier, on n'accentue pas abusivement les syllabes en position faible, on ne fait pas sonner laborieusement les « e » muets à la mode des petits-bourgeois interviewés à la télévision.

Dans ma chambre, une détresse m'envahit. C'est une détresse diffuse et je m'interdis de chercher trop tôt à en préciser l'origine, de crainte qu'elle devienne insupportable. Je sais qu'elle tient à la solitude et à l'âge. Et pas tant à ma solitude présente et à mon âge actuel, qu'à la pensée de celle qui me guette et de celui qui vient. Depuis quelques années, le temps s'est mis à passer avec la vitesse du vent qui vous gifle à la fenêtre d'un train. En contraste, ma lenteur, mon indécision maladive ont concouru à ce que que tout m'échappe. Pourquoi m'attarder encore dans cet hôtel où il n'a laissé de souvenir qu'à moi, dans cette ville qu'il a dû déserter depuis longtemps pour une autre ? Il n'est pas fou, lui, il ne reste pas, comme moi, cloué bêtement aux lieux de ses défaites.

Un seul être vous manque, emporté par la foule... D'ordinaire, je « gère » assez bien l'absence de l'objet aimé. Mais pas ce soir.

Ce que je désire si douloureusement en lui, c'est ce qui se dérobe à moi pour aller vivre ailleurs sa vie mouvementée et joyeuse. C'est tout son avenir insouciant, encore pour longtemps dans la lumière de la jeunesse. C'est son aptitude à rire sans raison et à séduire par ce rire des gens dont je ne connaîtrai pas les visages.

Si j'essaie de le rattraper grâce à mon imagination, celle-ci, par une fantaisie cruelle, me le représente dans des lieux à moi inaccessibles.

L'un d'eux est une boîte de nuit bruyante, pleine d'une foule juvénile, mêlée de touristes et d'indigènes en quête d'aubaines amoureuses. Soudain, la musique techno s'interrompt et, avec elle, les danses gesticulées. A travers la nuit de souffles et de frôlements, l'amorce d'un air à tordre le cœur, opérant comme un signal, jette l'un vers l'autre ceux qui croient qu'ils se sont choisis. Je les vois se rejoindre dans l'amalgame unanime de ce qu'on appelait, du temps de mon adolescence, un *gluant*. La suavité pénétrante de la mélodie agace les nerfs comme la confiture agace les dents cariées. Les corps, vulnérables à l'illusion du bonheur trouvé, s'affaissent doucement. Peu à peu les désirs se font aveux. La voix de Buddie Holly susurrant le refrain de « *True Love Ways* » : *Sometimes we'll sigh, sometimes we'll cry...* répand sur l'ensemble le lubrifiant émotionnel propre à faciliter et à hâter le grand geste de la propagation de l'espèce.

Ou bien encore je l'imagine sur une plage en plein jour. Il porte un maillot de bain bleu de la forme d'un triangle que tend le poids de son sexe d'âne et dont les échancrures découvrent le haut de ses cuisses. Son dos et ses épaules de la couleur du bronze permettent de deviner qu'il vient ici tous les jours. Pour y faire quoi ? Pour y trouver qui ?

> Soleil-crevant, encore un jour,
> Vous avez tendu votre phare
> Aux holocaustes vivipares
> Du culte qu'ils nomment l'Amour...

Il semble connaître tout le monde, on l'interpelle, on le salue. Il s'arrête un instant près de la buvette, devant un autre garçon un peu plus âgé que lui et qui fait en riant le simulacre de lui barrer le passage. Son bras s'élève et sa main va frapper de la paume celle du garçon en produisant un bruit de claque, expression de leur connivence joyeuse. Ensuite, c'est d'un groupe de volleyeurs qu'il se rapproche pour échanger quelques passes. Son corps se détend dans un bond et s'étire. L'effort qu'il fait pour rabattre le ballon par-dessus le filet le défigure une fraction de seconde. Je note que ses bras de terrassier, projetant vers le ciel ses mains aux doigts écartés et dressés, sont un peu trop longs pour son corps. C'est là son seul défaut physique, mais la tension de lévitation accuse cette disgrâce, au point qu'elle donne vaguement à Nissim la silhouette d'une grenouille crucifiée sur une planche. Il doit en avoir la prescience car, presque aussitôt, il cesse de jouer et s'éloigne.

Il continue son chemin sans musarder, comme quelqu'un qui sait exactement où il va. Il se faufile entre les serviettes étendues. Le sable brûlant où ses pas enfoncent alourdit sa démarche. Son regard qu'il laisse traîner sur les corps exposés des femmes ne trahit au passage aucune prédilection singulière, mais comme une évaluation froide, immédiate et machinale du degré de plaisir qu'il serait possible d'en tirer. Je voudrais oublier ce regard de bête de proie. Il atteste, chez le jeune homme, d'un fond de sauvagerie qui me dérange. Je m'indigne que sa jeunesse considère de cette façon la jeunesse. Mais si j'y songe, mon propre regard, guidé par les mêmes spéculations, lorsque lui aussi s'arrête sur de la jeunesse, ne doit pas être empreint de beaucoup plus d'humanité.

Ensuite, je le perds encore. Il faut que sa destination ultime me reste secrète, que la disponibilité inquiétante qui s'exprime à travers ses attitudes et ses yeux aux aguets continue à me faire craindre le pire. Si j'étais témoin de retrouvailles émues avec un garçon ou une fille de son âge, l'envie et la jalousie ne me feraient souffrir qu'un instant. L'incertitude, dans cet office, est beaucoup plus efficace.

J'ignore ce qui m'a inspiré l'image du dancing, mais je reconnais celle de la plage, je l'ai exhumée à propos de lointains souvenirs.

Ma terne adolescence s'est déroulée de l'autre côté de la mer. Presque en face d'ici. Dans un pays dont un dégoût toujours aussi vif me retient d'écrire le nom, mais qu'on reconnaîtra lorsque j'aurai dit qu'il est le plus dénué d'attrait, de tous ceux que borde la Méditerranée, et qu'une race turcoïde, amnésique, y parle la langue la moins harmonieuse à l'oreille.

Il me faudra aussi dépeindre un peu la capitale, telle que mon exploration systématique du réseau de ses cinémas me fut prétexte à la découvrir, jadis, quand l'avenue où s'élève maintenant l'hôtel Hilton n'était encore qu'un champ excentré et rocailleux, hanté par des bandes de chiens faméliques.

Les quartiers du centre en étaient plus composites. Ils enchâssaient, par pans accidentels, des nostalgies néoclassiques d'imitation bavaroise et quelques détritus byzantins, dans la masse d'une architecture contemporaine au rabais.

De ces immeubles flambant neufs, la plomberie, surtout, laissait à désirer. Une fragilité constitutive des tuyaux de vidange y proscrivait la présence du papier; aussi, dans les salles de bains des intérieurs modernes, une corbeille sur laquelle on redoutait de poser le regard s'offrait-elle à recueillir l'empilement innommable des feuilles usées. Il en allait de même dans les cafés de la place du Parlement, où les préposées à l'entretien des commodités publiques confiaient, sans façons, le contenu des corbeilles au caniveau le plus proche. C'est ainsi que le vent de novembre, faute de faire danser les feuilles mortes, dans cette ville plantée de pins, y animait parfois, au détour d'une rue, un ballet de paperolles embrennées.

Voilà pour le décor de ma prime jeunesse.

En été, le soleil adverse à ma complexion blondâtre me faisait l'effet d'un ennemi personnel et je n'aimais pas la mer. Pourtant je participais au mouvement qui déversait sur le littoral alentour des voiturées de citadins désœuvrés.

Non loin de la ville, il était des plages bien fréquentées auxquelles une somme de trois ou quatre thalers donnait accès. Mais celle où j'allais était à plus d'une heure de route. On l'atteignait dans un vieil autobus de la marque Scania-Vabis, surchauffé et bringuebalant. Elle s'étendait sur cinq cents mètres environ, entre une lagune d'eau saumâtre et un cap fameux, au lieu-dit La Noyée. C'est sur la recommandation de ma mère que je l'avais élue, pour la modicité de son entrée, un thaler seulement.

Ma mère pratiquait et prêchait une frugalité et une parcimonie qui n'eussent pas été, en soi, incompatibles avec une vie digne, mais auxquelles c'était son génie particulier que de conférer instantanément un caractère sordide. Chez elle, les soirs, les ampoules des lampes luisaient sans éclat. Ses vêtements taillés par une couturière à la journée dans d'anciens coupons reteints étaient déjà des hardes avant d'avoir été portés et témoignaient en outre d'une volonté d'originalité prétentieuse. En voyage, si le malheur voulait qu'on dût faire halte pour déjeuner dans la prochaine bourgade, elle supputait âcrement ce qu'il faudrait y payer le plat le moins cher du menu de la plus fruste gargote.

C'est un trait habituel aux petites gens judéo-chrétiennes tout appareillées de mauvaise conscience inimaginative et de remords standard que de prétendre corriger les égarements médiocres de leur passé par des vertus plus minables – même dans la rédemption, hélas, on ne sort pas de sa tessiture. Ma mère, remariée à un fabricant de yaourts local, avait inventé d'expier une jeunesse germanopratine, désordonnée pour l'époque, par l'ascèse de l'économie. C'était bien d'économie qu'il s'agissait et non d'avarice. Je lui refuse le bénéfice de l'avarice, l'avarice est une passion et, comme telle, pas sans grandeur.

Cette obsession d'épargne s'alliait, pour le pire, à une cupidité aveugle qui les lançait régulièrement, elle et le fabricant de yaourts, dans des entreprises commerciales où ils se faisaient plumer par des escrocs.

L'une de ces entreprises qui projetait le trafic des icônes byzantines nous avait conduits, un été, dans des républiques populaires voisines, en quête de la panagya glykofiloussa du XVe siècle qui justifierait ma mère de ses efforts et lui permettrait de faire ses frais.

J'étais malgré moi du voyage qui me soustrayait à la fréquentation d'un amant américain, dealer in commodities, au physique de cow-boy pour publicités de cigarettes, et dont je devais apprendre, à quelques années de là, qu'il s'était pendu à sa plus belle cravate.

Le périple carpatique donna prétexte à des émerveillements cocasses.

En admirant la décoration des magasins Goum, ma mère prononça sans ironie que la mainmise de l'État sur les commerces éliminait le mauvais goût en même temps que l'iniquité du profit individuel.

La rencontre d'un vieux monsieur français, retenu par la guerre et l'occupation soviétique, lui permit de s'extasier sur la « vie passionnante » qu'avait eue cet homme de soixante-dix-huit ans, veilleur de nuit dans une usine de conserves.

L'ancienne riche, aigrie par les déboires, qu'elle était et qui trouvait naturel de faire coucher sa bonne sur une paillasse dans son entrée, s'abandonnait sans honte à la griserie du totalitarisme égalitaire. Le fonctionnement du monde tel qu'elle l'observait ici transmettait à cette petite-bourgeoise capitaliste, envieuse et humiliée, un message de réconfort : c'était le système dans lequel elle vivait qui avait tort, et non pas elle.

Est-ce la réalité ou une sorte de souvenir de synthèse ? Il me semble les revoir, elle et le fabricant de yaourts, à l'extrémité d'un promontoire d'où l'on aperçoit le port d'Odessa, un peu émus, les narines frémissant aux remugles portés de cette terre de progrès, convenant (par allusion à d'anciennes velléités artistiques qu'ils avaient eues l'un et l'autre) que si la chance leur avait été donnée de naître en un pareil pays, ils auraient pu devenir quelque chose... Or, bien sûr, le destin qui fait avec ce qu'on lui donne ne dispose pas de tant de jeu. De ce côté-ci du rideau de fer, ils eussent été encore ce qu'ils étaient de l'autre : des ratés. Il me souvient m'en être fait la réflexion, avec le bon sens d'une nature qui fut toujours rebelle à l'endoctrinement, et, avec la franchise d'une adolescence peu encline à être charitable, le leur avoir dit.

Quant à la vierge au baiser, elle demeura introuvable. On tenta en vain de circonvenir des paysans, de soudoyer des tziganes, d'intimider des popes. Nada. D'icônes byzantines, on n'en dégotta pas une seule.

Aux haltes, la crainte de dépenser faisait préférer, au séjour des hôtels, des chambres abjectes chez l'habitant. Aussi la rencontre que fit le fabricant de yaourts d'un rustre qui parlait sa langue et qui nous invita à coucher chez lui fut-elle accueillie comme la providence. Les auberges à punaises ni les fonds de vestibules meublés d'un lit de camp et baptisés chambres d'hôtes, que nous fréquentions depuis quinze jours déjà, ne m'avaient préparé à la repoussante horreur de cette cabane sans eau ni électricité, assiégée par tous les moustiques du Danube qui coulait au fond du jardin.

Le paysan nous nourrit de tranches de mortadelle qu'il saisissait entre ses doigts noirs, avant de nous les présenter couchées sur du pain imbibé d'huile et d'ail. Membre d'une minorité étrangère en voie de disparition, il parlait avec mépris de ses voisins qu'il appelait les valaques. Le mot *valaque*, dans la langue où il s'exprimait, constitue d'ailleurs un doublon du même type qu'en français le mot *bougre* et désigne à la fois l'habitant de Valachie et l'imbécile.

Au moment de s'installer pour la nuit, il expliqua que sa femme irait se faire une place avec ses filles afin de laisser la chambre conjugale au couple invité. « Le jeune homme dormira avec moi », ajouta-t-il en montrant une pièce meublée d'un seul lit. Il était trop tard pour retourner en ville y chercher un hôtel. Par économie, je fus condamné à coucher avec ce paysan roumain qui puait des pieds.

Un autre épisode marque ce voyage.

En s'arrêtant dans un bourg pour y acheter de quoi manger en voiture – ce qui est moins dispendieux que d'aller au restaurant – le fabricant de yaourts dévoila imprudemment une liasse de dollars. Au bout de quelques kilomètres, il fut clair que nous étions suivis et qu'on cherchait à nous rattraper. On traversait justement une forêt dans les montagnes et la nuit tombait. Je ne sais plus combien de temps dura la poursuite, mais suffisamment pour amener ma mère au bord de la panique nerveuse. Quant à moi, inespérément diverti par l'incident, insouciant du danger, j'en riais tout du long.

Des années plus tard, ma mère évoquerait encore, d'un ton entre la perplexité et le reproche, « ce voyage en Bulgarie où tu n'as pas cessé de faire la gueule... Sauf quand on nous poursuivait pour nous détrousser ».

Ai-je jamais osé lui dire que j'espérais les voir assassiner par nos poursuivants ?

C'était pourtant bien cela, en moins formulé, en plus confus. Curieusement, bêtement surtout, je n'avais pas peur pour moi-même. Je me sentais si étranger à eux, je m'en désolidarisais en pensée avec une telle force que l'idée que nos sorts pussent se confondre, même dans un massacre qui viserait à ne laisser aucun témoin, ne m'effleurait pas l'esprit.

Je ne suis pas spécialement fier des sentiments que j'expose. Il faut y faire la part de l'exaspération et du dégoût. Il faut y faire la part de la jeunesse aliénée, j'avais dix-sept ans cet été-là, je souffrais de la promiscuité forcée avec des gens que je méprisais et j'appelais ce massacre comme le moyen de ma délivrance le plus radical et le plus expéditif. A d'autres occasions, j'ai parfois éprouvé l'envie de tuer des gens que j'aimais plutôt, quelques-unes des relations durables de ma vie ressemblent d'ailleurs à un lent meurtre figuré. Mais là, j'avais souhaité qu'*on* les tue et c'est bien différent. Il n'y avait pas d'amour entre nous. Il n'y en a jamais eu. C'est le souvenir de ces minutes qui m'en persuade. Si je m'étais senti aimé, un peu, un jour, il me semble que cela eût suffi à rendre impossible un souhait d'une violence aussi extrême. Mais je n'ai jamais rien senti.

Pour en revenir à la plage de La Noyée, son décor fixe quand même quelques nostalgies pour rengaines de juke-box : la Méditerranée stagnante et bleue, le soleil qui brûle les yeux comme le sabre de Michel Strogoff, la foule dénudée, vulgaire et joyeuse... Car, je l'ai découvert avec surprise en vieillissant, pour éprouver la nostalgie d'une chose, il n'est pas nécessaire de l'avoir appréciée d'abord. Le tropisme du regret qui donne sa forme à la vie s'autorise cette manière de court-circuit.

La tête de ligne des autobus Scania-Vabis était située derrière le palais royal, sur une nouvelle avenue en cours de construction, entre un champ de ruines hellénistiques et un terrain vague. J'y retrouvais une petite bande de jeunes Européens de mon âge qui m'avaient autorisé – plutôt qu'invité – à m'agréger à eux, lors de leurs excursions balnéaires. Je ne les avais pas choisis en raison d'affinités spéciales, mais parce que leur fréquentation me semblait flatteuse, compte tenu d'où je sortais moi-même. Mes relations avec ces compagnons de plage ne furent jamais très intimes et je ne devais plus entendre parler d'eux par la suite.

Je n'ai gardé aucun ami d'enfance, ni de jeunesse d'ailleurs.

La plage de La Noyée ne se signalait pas, de loin, par cette éclosion de parasols multicolores et cet éparpillement de transats matelassés à quoi l'on reconnaît les plages élégantes. Espacées de cinquante mètres en cinquante mètres environ, des rangées de pommes de douches rudimentaires y arrosaient des dalles de béton et des bouquets de haut-parleurs grésillants, fixés à des mâts de tôle, y répandaient des chansons. A ce mobilier de camp d'internement, il convient d'ajouter une buvette où l'on vendait des boissons poisseuses, des gâteaux en forme de champignon qu'on appelait des *coks* et, peut-être, puisqu'elle fournissait de préférence les débits de dernier ordre comme celui-ci, des yaourts de la marque de mon beau-père.

La discothèque de La Noyée était réduite à quelques airs que les haut-parleurs diffusaient en boucle. Les succès de cet été-là s'intitulaient *Pauvreté, La Douleur* et *Le Facteur est mort.* Il arrivait que quelques séducteurs pour cabine de bain, du type levantin à poitrail velu, se réunissent autour des mâts en une chorale improvisée et accompagnent le refrain en faisant étalage de la puissance de leurs organes.

A l'autre bout de la plage, il y avait un portique d'agrès. Près de ce portique se tenait un personnage pitoyable et repoussant dont la présence inéluctable devait contribuer à me faire prendre La Noyée en horreur.

C'était un garçon de vingt-cinq, trente ans, à la peau du visage grêlée, que caractérisait un faciès de singe sur un torse de culturiste recuit par les soleils. Un droit d'habitude qu'il avait acquis par son assiduité désignait le portique d'agrès et ses abords comme son territoire. Il y exerçait une autorité tacite, garantie par ses prouesses athlétiques et se réclamant d'un statut indécis, entre celui du garde-chasse et celui du meneur de jeu. Quiconque prétendait faire usage des anneaux ou du trapèze ne pouvait se permettre de l'ignorer, encore moins de lui déplaire. On se présentait à lui, on lui manifestait une cordialité un peu obséquieuse. Il paraissait très *populaire*, comme on dit des joueurs de base-ball sur les campus des universités américaines.

Son caleçon de bain imitant la peau de panthère confirmait une volonté d'identification à Tarzan, déjà clairement perceptible à travers ses évolutions virtuoses à la barre fixe. Il faisait en effet ce qu'il voulait de son corps, à la seule force du poignet. C'était une chance car, à partir de la taille, le mal avait laissé sa marque. Son bassin et ses jambes atrophiés étaient ceux d'un enfant de dix ans, malingre. Deux cannes étaient plantées dans le sable, sous les agrès.

J'ai dit la répulsion que m'inspirait ce malheureux, mais une curiosité morbide, plus impérieuse, m'attirait dans les parages du portique.

Je l'observais à la dérobée, comme on regarde les monstres. Pourtant, il ne se serait pas formalisé de mon attention s'il l'avait remarquée. Un narcissisme pathologique délirant l'avait déjà ravi, depuis longtemps, à l'appréciation lucide de son infirmité. Précurseur, en cela, d'une mode qui voudrait voir dans les handicaps physiques des atouts inexploités et finirait par organiser les jeux Olympiques des fauteuils roulants, il offrait à l'admiration ce corps grotesque, exemple d'une compensation, selon lui, pleinement accomplie, d'une adversité transcendée.

A son exhibitionnisme, je parierais qu'il n'existait même pas de motif ultérieur. Les hommages qu'il voulait lire dans les regards captivés par sa disproportion hideuse lui étaient sans doute plus précieux que des gratifications sexuelles.

J'avais l'intuition d'une ressemblance secrète entre moi et cet infirme, à tout le moins d'un parallélisme. J'étais un monstre d'une espèce plus furtive, plus honteuse. Mais il me manquait le courage de l'impudeur et la conviction qu'à s'abuser soi-même jusqu'à croire triompher des données négatives du sort, on a quelque chose à gagner. Ce qui me fascinait et me répugnait chez ce pauvre estropié, ce n'était pas, comme je l'avais cru d'abord, sa difformité, c'était son illusion.

Je ne chercherai pas à justifier le cheminement symbolique, demi-conscient, qui m'a mené, de l'évocation de Nissim, au fin fond de ma jeunesse, à la plage, à l'homme au maillot panthère. Je voudrais seulement dire que l'éclopé d'une autre sorte que je suis revendique le droit de souffrir sans héroïsme superflu et même, le cas échéant, sans dignité.

J'ai parlé d'acheter une maison. Adel, qui s'est aussitôt institué agent immobilier, me présente une collection de ruines à des prix incertains mais toujours au minimum exorbitants. Dans l'une d'elles vit un mouton promis à l'égorgement, dans une autre, un coq irisé qui perche au sommet d'une carcasse d'armoire. Dans une troisième, les pluies torrentielles de la saison passée ont délayé la terrasse entraînant l'effondrement d'une moitié de l'étage. Ce qui fait que l'on ne peut plus passer d'un bout de la maison à l'autre qu'en traversant une passerelle de planches jetée au milieu du vide.

Je remarque qu'il y a invariablement, dans chacune, une sorte de placard de Barbe-Bleue, une pièce qu'il s'avère impossible de visiter, soit que des sacs de grains ou des ordures accumulés depuis des années en bloquent l'accès, soit que la porte en demeure fermée par un cadenas dont la clef s'est perdue.

Certaines de ces ruines ne manquent pourtant pas de grâce et l'on voit bien ce qu'un peu d'argent et de goût pourrait en faire. Il en est une dont un figuier vénérable ombrage la cour de caravansérail. Elle est située au fond d'une venelle. Une jeune mendiante et ses enfants couchent en travers de la porte. L'idée de bouger pour nous livrer passage ne vient pas à la mendiante qui se laisse enjamber sans façons. Elle fait partie du paysage de la rue. On respecte en elle quelqu'un qui a su prendre ses marques et, autant que faire se peut, ses aises, dans l'échelle infinie de la misère. Sa présence me paraît un argument de vente indiscutable. Si je devenais propriétaire, je l'enjamberais ainsi tout les jours pour passer mon seuil, je verrais grandir ses enfants, elle serait un peu ma seule famille. Sans jamais la laisser entrer, je la retiendrais par de menues offrandes quotidiennes, un bol de soupe, une couverture, quelques piastres. Par ce processus de domestication insidieux, je l'attacherais à ma vie, pour qu'elle soit, à la perspective d'une solitude intolérable, ce que la poire est à la soif.

Je considère la cour dont les vigoureuses racines du figuier ont fait sauter quelques dalles ornées d'arabesques. J'essaie de me représenter mon existence circonscrite et protégée par ses murs de mosaïque. Cette existence me fait peur. La coupure d'avec le monde fourmillant et bruyant des rues alentour ne m'apporterait pas le calme, elle relancerait mon angoisse. La nuit, je n'en fermerais pas l'œil. Je confie cette crainte à Adel qui s'offre à venir coucher, en tout bien tout honneur, pour veiller sur moi. Je le regarde, je ne lui dis pas non. Il ne m'est pas antipathique, au contraire. Je souhaiterais avoir l'usage de ses multiples bonnes volontés. Mais je ne l'ai pas.

Nos relations ont évolué depuis le dîner d'avant-hier. De part et d'autre elles ont pris un tour plus familier. Et d'abord, Adel prétend avoir réussi à retrouver la trace de *l'autre*.

D'après les explications qu'il me donne, c'est un fil conducteur encore incertain et fragile qui me relierait à Nissim. Ce fil passe par la complaisance d'un escroc, ami d'Adel, qui purge pour le moment une peine de prison de quelques mois. En échange d'un secours, la femme de l'escroc, qui n'a plus que ses yeux pour pleurer, ne refusera pas de céder son tour de visite à Adel. Celui-ci s'assurera, par les mêmes moyens, de la bienveillance des gardiens. Quant à l'escroc, ému qu'on vienne le voir et qu'on n'arrive pas les mains vides, il ne se fera pas prier pour marchander les renseignements qu'il détient. Il y aura, bien sûr, les frais du voyage d'Adel et, puisque mon service lui fera négliger ses affaires, une compensation pour le manque à gagner.

J'acquiesce à tout, comme d'habitude.

Adel en est à la fois satisfait et exaspéré. Les dépenses auxquelles il me voit consentir sans broncher dans le plus mince espoir de retrouver *l'autre* lui donnent un aperçu de ce que *l'autre*, en personne, serait capable de m'extorquer. Du coup, il en est jaloux, rêve d'être à sa place et ne voit pas pourquoi il se dessaisirait à son profit de cette vivante manne que je représente.

Je sais déjà que nous n'arriverons à rien.

Adel remâche sa déconvenue d'avant-hier. Par le biais de la jalousie, *l'autre* est en passe de devenir pour lui aussi une obsession. Il ne peut s'empêcher de s'opposer à Nissim dans un rapport de rivalité haineux et abstrait puisqu'il n'a même jamais vu son visage.

Nous continuons à visiter des maisons de plus en plus délabrées et de plus en plus chères, pour finir par une casemate de boue sèche, demi-viabilisée, aux portes de la ville. A la proposition d'un rabais qui ne mettrait plus le taudis en question qu'à dix fois environ le prix du marché, je réponds en hochant négativement la tête.

Adel, déçu de voir la commission lui échapper, éprouve le besoin de se mortifier davantage : « Et si *lui,* il était là, m'interroge-t-il avec avec un sourire amer en désignant du geste un point de la cour intérieure, comme pour y sommer d'apparaître un fantôme, tu l'achèterais, la maison ? »

Le trait de masochisme qui le pousse à me poser une telle question ne sollicitera pas en vain chez moi un raisonnable fond de sadisme :

– Bien sûr ! dis-je, d'un ton de conviction dont je mesure la cruauté.

Et puis, tout à coup, comme par une conséquence enchantée du geste d'Adel, il me semble le voir vraiment apparaître au milieu de cette cour lépreuse.

Comme si je l'avais enfin retrouvé et qu'il soit là et que tout soit bien.

Je m'assieds sur un muret, bouleversé. Je lance à Adel, avec une véhémence agressive, que pour *lui*, pour *l'autre*, oui, j'achèterais n'importe quelle masure à n'importe quel prix !

Adel ne répond rien. Il secoue la tête, humilié et consterné.

Comme je l'avais prévu, la visite à la prison n'a rien donné. Si même elle a eu lieu. Adel en revient ivre avec des explications confuses. Le billet signé par la femme de l'escroc n'était pas valable. Adel a attendu des heures sans obtenir de voir son camarade. D'énervement, il a bu ce qu'il lui restait de mon argent.

J'entrevois assez bien comment pourrait se passer la suite. Pour me retenir, Adel inventerait de nouvelles pistes toujours semées de nouveaux obstacles. Il me ferait vivre dans un état d'espérance contrariée dont il modulerait l'intensité en fonction de l'importance des sommes qu'il se proposerait de me soutirer. Je sais que ma quête ne peut pas avoir de conclusion heureuse, mais si mon attente vouée à une déception invariable réussissait au moins le miracle de me distraire, alors j'envisagerais volontiers de la prolonger longtemps. Je sais d'expérience que rien n'est pire que l'ennui. Il vous efface doucement. On n'est plus personne de net. Ce qui n'empêche pas de souffrir quand même, mais de rien de précis.

Attendre, espérer, déchanter, reprendre espoir, attendre. C'est une perspective dont je me contenterais à la rigueur, mais je ne fais pas confiance à Adel pour jouer proprement son rôle. Il manque de finesse, ses manipulations auraient vite fait de montrer la corde. Sa nature grossière qui ne lui donne pas les moyens d'appréhender la singularité de mon cas le prive du même coup de ceux d'en tirer profit. Il ne faut pas craindre de s'insinuer dans les obsessions des autres pour en explorer la forme et le secret, si l'on veut assurer sur eux son contrôle. Adel n'a pas l'étoffe d'une éminence grise ni l'abnégation d'une âme damnée.

Il est le gardien d'un beau jardin.

En fait, ses fonctions sont modestes et saisonnières, elles consistent à fumer la terre au pied des rosiers.

Il est surgi d'entre les cannes des balisiers qui forment une haie autour de la roseraie. Il s'est précipité au-devant de moi pour m'interpeller, comme un naufragé sur le rivage d'une île déserte ferait signe à un bateau. L'image n'est pas tout à fait gratuite, il faut que son désarroi et sa solitude, au milieu des roses, soient bien intenables pour lui représenter, dans le premier venu qui passe, la caravelle possible de son salut. L'empressement avec lequel il a mis à mes pieds ses humbles compétences (il sait conduire, faire des réparations dans une maison, jardiner) en s'offrant à me suivre où je voudrais bien l'emmener, dit assez ce qu'il évalue ici de ses perspectives d'avenir. La simplicité un peu rude avec laquelle il laisse encore entendre que sa complaisance irait plus loin confirme son désespoir et renseigne incidemment sur le degré de frustration sexuelle de la jeunesse, dans ce pays.

Nous visitons son domaine. Je m'informe de la diététique des roses, de la fréquence de leurs floraisons, des noms qu'elles portent. Je ne m'intéresse pas particulièrement aux fleurs et aux roses moins qu'aux autres fleurs. Mises à toutes les sauces de la symbolique du précaire, du fugace, les roses me dégoûtent, je les trouve presque humaines, elles ressemblent à de vieilles femmes. Pourtant je me plais ici. L'idée de ma présence dans cette roseraie dérobée à laquelle on accède par un interstice imperceptible entre les cannes des balisiers, comme à un univers métaphysique par une fissure dans le monde tangible, me séduit presque autant que la compagnie de l'érudit jardinier.

Une fierté de sa belle maîtrise du français inspire à celui-ci de me guider vers les espèces aux noms rares qu'il énumère doctement. Ce jardinier, à la science horticole encyclopédique, s'est échappé d'une pièce de Giraudoux. Pour servir son jeu, je force un peu ma curiosité et mon ignorance, je rebondis d'une question sur une autre : « Et ça, qu'est-ce que c'est ? Ça s'appelle comment ? » J'attends qu'il mette un point d'orgue à la scène giralducienne de notre rencontre en me répondant, sur l'air du mendiant d'*Électre* à la femme Narsès, quelque chose de vague et de retentissant comme : *Cela a un très beau nom... Cela s'appelle l'aurore.*

Lui s'appelle Khalil, me dit-il. Et comme si j'avais des raisons d'en douter, il me montre une carte plastifiée qui est son permis de conduire.

Rendez-vous sera pris avec Khalil pour le lendemain.

Il n'y viendra pas, confirmant ainsi l'intuition que j'ai eue pendant notre rapide connaissance d'une noblesse essentielle de sa nature.

Je macère depuis un moment dans l'eau chaude du bain. Le haut-parleur de la mosquée voisine appelle à la quatrième prière. La porte de la salle de bains est entrebâillée sur la chambre dont la fenêtre est ouverte sur la rue. De la baignoire, j'aperçois un pan de ciel dont le bleu s'approfondit doucement. Le murmure d'une activité crépusculaire redoublée parvient jusqu'à moi. L'hôtel est situé au carrefour d'avenues passantes, face à un rond-point de gazon bordé de fleurs rouges. Les calèches qui regagnent le centre-ville le contournent et j'entends distinctement le claquement du fouet des cochers sur l'épine dorsale des chevaux, au moment de s'engager dans l'avenue. Ce bruit me fait chaque fois tressaillir. Il faudra que je m'exerce à mettre de côté ma sensiblerie d'Occidental. Les gens d'ici, qui savent que la souffrance du monde est inépuisable, ne cherchent pas à la ménager. Vouloir épargner la souffrance des animaux et des hommes, leur semble-t-il, c'est vouloir labourer la mer. Cette indifférence serait odieuse si ne la corrigeait, parfois, un geste de merci qui ne procède pas d'un élan de pitié individuelle, mais plutôt d'une solidarité miséricordieuse, inscrite dans la tradition, avec toutes les créatures vivantes.

L'écho des bêtes fouettées me fait songer que je suis aussi une sorte de haridelle exploitée, toujours en danger de tomber sous les coups. Le moindre vacillement serait fatal, on m'achèverait, sans haine. C'est une perspective qui ne me révolte plus, qui ne me fait presque plus peur. Si les choses devaient finir ainsi, je consens.

J'aime ce vieux pays doucereux et cruel. Je n'aurai pas la mauvaise foi de dire que j'aime *aussi* sa cruauté. C'est cela surtout que j'aime.

Je songe encore à Khalil qui a choisi de ne pas venir me rejoindre.

Résigné à l'exil sans avenir de la roseraie, il a dû, traversant à pied la ville et dépassant sans hésitation les abords de l'hôtel où nous avions rendez-vous, rentrer vers son faubourg et sa misérable cabane. Je l'approuve. Si j'en avais l'occasion je le féliciterais de la victoire qu'il remporte sur ses mauvaises tentations, elle lui vaut mon estime.

Je ne le regrette pas.

L'avènement de la sagesse, ce serait ce détachement bienveillant si je pouvais l'étendre aussi aux décisions et aux destinations de tous les autres. J'observerais alors, en spectateur serein, le grand mouvement de milliers d'individus lancés dans autant de quêtes indiscutables. Le désir de dévoyer un seul d'entre eux, d'entraver la progression d'un seul d'entre eux vers le but qu'il s'est fixé, ne me viendrait pas. Je ne voudrais retenir ni retrouver personne. Je me contenterais d'être, parmi eux, ce promeneur dont l'adresse indifférente esquive les contacts, cette silhouette mobile qui ne divise qu'un instant le grand flot de la vie autour d'elle, si poreuse même, si fragmentaire, qu'à travers elle la vie passe sans rencontrer de résistance, comme le vent à travers les croisillons d'acier de la tour Eiffel.

Dieu sait pourquoi, je repense soudain à l'athlète au maillot panthère que j'ai laissé dans l'été glorieux de son illusion, celui de 1963. S'il vit encore aujourd'hui il doit être un vieil infirme dans un hospice. Nous nous attardons tous, déraisonnablement.

En ville, j'ai vu un autre éclopé.

Il était assis à même le sol de terre battue devant l'échoppe d'un matelassier. Il portait un burnous noir, sa jambe valide était repliée sous lui tandis que l'autre, rudimentaire et que terminait un pied tordu, dépassait à demi des pans du burnous.

Quand mes doigts qui dispensaient l'obole ont effleuré la paume de sa main, il a levé la tête vers moi et il m'a souri. Je crois n'avoir observé de si fulgurante transfiguration que celle que suscite, dans la physionomie de certains rares acteurs, l'approche de la caméra pour la caresse du gros plan. Toute l'expérience de la misère et toute la résignation étaient présentes dans ce sourire commerçant qu'il m'adressait. Et la misère et la résignation étaient vraies, si la gratitude éperdue ne l'était pas. L'homme se révélait une manière de grand artiste. Il savait d'instinct qu'on ne joue bien les sentiments fictifs qu'avec de la vérité qu'on va chercher au fond de soi. Au physique, c'était une sorte de chérubin sombre. Il pouvait avoir vingt-deux ou vingt-trois ans.

Le lendemain, j'ai voulu le revoir. J'ai retrouvé l'échoppe du matelassier. Mais il n'était plus là. Les mendiants se signalent pourtant par des habitudes invariables. Ils se tiennent ponctuellement aux mêmes endroits, aux mêmes instants de la journée. Ils suivent le mouvement de l'ombre et celui de la vie ordinaire; l'heure du marché les trouve à l'entrée des souks et celle de la prière aux portes des mosquées. Je n'en ai jamais surpris aucun pendant qu'il se rendait d'un de ces lieux à l'autre. Sans doute, la position debout et la mobilité qu'ils doivent à leurs béquilles font-elles d'eux, l'espace de ce trajet, des hommes méconnaissables.

Je l'ai cherché longtemps. En vain.

Je n'ai pas pu me résoudre à gratifier l'un de ses confrères, au hasard, de la somme que j'avais préparée pour lui. Non par avarice mais par indécision et par gêne. L'énormité de l'aumône me semblait constituer à elle seule un aveu.

La disparition du mendiant occupe ce soir toutes mes pensées. Je m'en féliciterais presque si elle pouvait me distraire de celle de Nissim. Mais c'est le contraire qui se produit, leurs deux absences se font écho et le sentiment de perte en devient insupportable.

Lui aussi, je veux le rattraper par la force de l'imagination, jusqu'à découvrir à quelle indescriptible survie est voué ce pauvre corps estropié, en dehors des heures où il s'offre à la pitié des foules. Je ne m'abuse pas sur la nature de mon attirance. Avec le mendiant les choses seraient plus simples qu'avec Nissim dont la beauté m'intimide. Lui, son infirmité me rassure, en même temps qu'elle m'effraye un peu comme l'inconnu. Mais si je le retrouvais et qu'il me le permette, j'irais jusqu'au bout de ma curiosité, je ferais tous les gestes qui soulagent la solitude des monstres. Il doit bien se trouver quelqu'un pour les pratiquer sur ce malheureux dans la vigueur de la jeunesse. A quelle fréquence distrait-il du produit de sa mendicité de quoi aller frotter l'espèce d'aileron malvenu qui lui tient lieu de membre inférieur, contre la cuisse pommelée de cellulite d'une vieille houri à trois piastres ?

Ce dédoublement de mon obsession me déconcerte moi-même. Mais il me semble entrevoir, entre l'homme au maillot panthère que je n'avais pas évoqué depuis près de quarante ans, et le mendiant au burnous, une fuligineuse solution de continuité qui passe encore par un troisième personnage.

A Berlin, en 1972, après une dispute, j'avais quitté en pleine nuit le rez-de-chaussée de Schöneberg où je vivais avec un Allemand suicidaire. Ce n'était pas la violence, « la misère et les coups », comme on dit, qui me chassaient, c'était plutôt l'irrésolution désespérante de nos querelles. Il semblait qu'au bout d'un moment, les plaintes et les griefs fussent condamnés à tourner en rond, comme les roulements de tonnerre d'un orage qui ne se rassemble pas pour éclater.

L'habitude m'avait conduit dans un bar proche du pont du S-Bahn, en quête d'un lit de rechange. J'y avais fait affaire avec une sorte de caricatural Viking pour vignette de manuel d'histoire, qui avait des yeux d'aigue-marine, une barbe rousse et une tête à circuler en drakkar.

Il était ouvrier aux usines Siemens. Il habitait une chambre meublée au fond d'un appartement du côté de Nollendorfplatz. Je me souviens que la chambre vaste était sans doute l'ancien salon de la logeuse. Elle ouvrait sur le vestibule par une double porte vitrée qu'on avait aveuglée avec des couvertures militaires. Elle abritait un vaisselier garni de miroirs rosés reflétant une collection de verres à pied et un service à café en porcelaine de Copenhague.

Le lit était un cosy-corner de taille intermédiaire entre le simple et le double. J'y avais inconfortablement passé la nuit. Chaque fois qu'une sensation d'ankylose me contraignait à changer de position dans le lit, mon mouvement, si retenu fût-il, faisait réagir l'homme à la barbe rousse et, sans même le tirer tout à fait de son sommeil, relançait vivement ses ardeurs.

Cet homme et moi nous nous étions connus bien tard, durant cette demi-heure qui précède la fermeture des établissements spécialisés, quand il faut conclure coûte que coûte, sauf à rester sur le carreau, et que les propositions les plus médiocres paraissent acceptables. Les quelques phrases que nous avions échangées jusqu'à la chambre ne trahissaient pas la ferveur d'enthousiasme qui témoigne des rencontres inespérées et, même, j'avais deviné chez lui, à la découverte de mon accent étranger, une certaine méfiance qui lui avait soufflé de me prévenir, Dieu sait pourquoi, qu'il n'aimait pas beaucoup les Tchèques.

Aucun indice ne m'avait donné à prévoir l'emportement passionné de l'étreinte ni ses compulsives répétitions. Je ne me fais pas d'illusions pourtant sur ce que contenaient d'hommage personnel ces imprescriptibles ardeurs de la barbe rousse. Je ne lui plaisais peut-être même pas. Ce que ce grand goujat aimait, c'était l'amour.

J'étais vite retourné à Schöneberg.

Pendant les mois suivants, mes relations avec l'Allemand suicidaire s'étaient normalisées. Il avait obtenu, grâce à l'atout d'une indéniable culture, une place de vendeur dans un grand magasin, au rayon de la librairie, ce qui le mettait en contact avec la clientèle peu ragoûtante des gens qui lisent les nouveautés. Il ne se privait pas de relever par des commentaires sarcastiques leur ignorance et leur prétention, ce qui me semblait légitime mais me faisait mal augurer de son avenir professionnel. Il aspirait, ayant un goût authentique pour les livres et plaçant au-dessus de tout autre spécimen de littérature *Le Mont analogue*, de René Daumal, qu'il avait lu dans le texte, à changer sa fonction de libraire pour un emploi dans une maison d'édition. C'est en vain que je lui représentais que chercher à entrer dans l'édition sous prétexte qu'on aime les livres, est une démarche à peu près aussi cohérente que celle qui consisterait à briguer un emploi d'équarrisseur dans un abattoir parce qu'on aime les bêtes.

Un après-midi de la fin de l'automne, à l'époque où la nuit est sur les rues dès quatre heures et demie, j'attendais de traverser à un feu lorsque j'avais enregistré, sans m'arrêter sur elle, la présence, au bord du trottoir opposé, d'un homme qui attendait aussi, dressé sur des béquilles. Nous devions nous croiser. J'avais aperçu sans y prêter attention des jambes molles et désarticulées balançant, d'arrière en avant, au gré des béquilles, des pieds qui traînaient sur le pavé sans y appuyer. Soudain, la sensation d'un regard fixé sur moi avec insistance m'avait fait lever les yeux. Je l'avais reconnu trop tard et la stupeur, paralysant ma présence d'esprit, ne m'avait permis que de passer au large. J'avais eu le temps pourtant d'apercevoir, dans ses yeux, comme une intimation haineuse qui me défendait de lui adresser la parole et, par-dessus tout, de le plaindre.

Comme il arrive souvent par un semblable hasard, cet homme que je n'avais plus vu depuis des mois se mit à m'apparaître assez régulièrement à un détour de rue ou à un autre, pour mon plus grand embarras. Le regard plein de haine par lequel il me réitérait l'interdiction, superflue, de l'aborder, avait fini par me communiquer un réflexe de terreur et, pour peu que je l'aperçoive d'assez loin, je changeais de chemin ou je passais précipitamment en rasant les murs et en baissant les yeux.

Ma vie commune avec l'Allemand suicidaire, depuis quelque temps en constant progrès, avait pris finalement un tour triomphal lorsque l'offre d'un travail modestement payé mais, m'assurait-on, non dénué d'avenir, était venu me garantir un droit de résidence définitif. Le premier jour que je me rendais sur le lieu de ce travail pour y prendre mes fonctions, je m'étais trompé de ligne de métro, ce qui ne m'arrivait jamais. Je m'étais étonné de me retrouver à la gare. Un train à destination de Paris était en passe d'y être formé.

On m'attendit à mon travail.

Je n'ai jamais revu l'homme aux béquilles ni l'Allemand suicidaire qui admirait tant *Le Mont analogue*.

J'ai pris la décision de partir. Cet endroit ne me vaut rien, le souvenir qu'il me laissera ne sera fait que de disparitions. Nissim, Khalil, le mendiant, sans parler d'un autre, dans le souk, qui vendait des poudres et des éclats de bois de santal pour parfumer les tiroirs.

L'atmosphère de stagnation de cette ville dont les habitants semblent simuler, pour la forme, une activité qui consiste à attendre sur le pas de la porte des boutiques, l'impression qu'ici rien ne peut arriver ni changer, me rend l'infime déperdition de population, que je déplore, plus intolérable. Je ne peux pas tous les poursuivre. Où vont-ils lorsqu'ils s'éclipsent ? Pas tous dans des dancings ou sur des plages. En dépit de ce que j'incline à imaginer, ils ne prennent pas tous pension dans de verlainiens « paradis physiques » dont ils seraient les hôtes perpétuels et moi le perpétuel exclu.

Certains d'entre eux, la plupart, mènent aussi des existences marquées par le sentiment de l'injustice et du rejet et de la frustration, par la peur de la pauvreté et de la maladie et de la vieillesse et de la mort. Du moins j'espère, sinon ce serait trop désespérant.

Je fais un dernier tour en ville.

Il m'aborde, il m'intercepte plutôt, dans cette portion de la rue principale qui s'étrangle un peu avant d'arriver à la place. Il m'offre d'aller boire quelque chose avec lui et il désigne, tout près, un café que je n'avais jamais remarqué. Je refuse aimablement, pressé de rentrer boucler mes valises, songeant qu'il faut encore commander le taxi et en discuter le prix. Et puis la conscience de la vanité de ces détails me submerge. J'ai inventé la nécessité de ce départ, mais j'aurais aussi bien pu inventer celle de rester. Nissim est introuvable de toute façon, quant à l'urgence d'aller voir des pyramides, des nécropoles, des palais... La perspective de ces merveilles me tétanise d'ennui par avance. Alors qu'il va renoncer, je me reprends et je dis : « Pourquoi pas... »

Pourquoi pas, en effet.

Nous avons rendez-vous pour aller dîner. Je lui propose de désigner le restaurant. Il réfléchit un peu, hésite, me prévient qu'il aimerait choisir un établissement tellement hors de ses possibilités qu'il n'aurait aucune chance de le visiter autrement qu'en ma compagnie. Je l'approuve et il prononce le nom d'un hôtel de deuxième catégorie dont la terrasse, garnie de tables et mal éclairée par de parcimonieuses girandoles, domine les toits de la ville. Je n'ose pas discuter la représentation modeste qu'il se fait du luxe.

Il retrouve dans le serveur du restaurant une connaissance de sa famille qui l'a vu naître et à qui il serre la main chaleureusement. La présence de cet homme dans ce lieu dépaysant le rassure. Mais elle a aussi un inconvénient : il n'ose pas lui commander quoi que ce soit et préfère se lever pour aller prendre lui-même une carafe d'eau.

Après le dîner, il veut m'emmener chez lui.

Nous prenons un taxi pour sortir de la ville, puis il me semble que nous marchons encore pendant de longues minutes. Nous traversons, sous la nuit étoilée, un terrain vague où croisent des chiens qui aboient. Les maisons sont lointaines et calfeutrées. Je demande où nous allons et je commence à avoir un peu peur. S'il m'arrivait *quelque chose*, formulé-je à part moi évasivement... Je me suis longtemps condamné à une indifférence qui arborait certains des signes cliniques de la mort, alors...

Pendant quinze ans, dans une confusion délibérée des acquêts sentimentaux et immobiliers, je n'ai entretenu de rapports passionnels qu'avec des maisons. L'une, moins et mieux que belle aux yeux de mon cœur, fut la maîtresse exigeante et chérie que l'on honore éperdument de l'ultime flamme de sa jeunesse.

Le premier été que je l'habitai, on put m'y voir, par ses fenêtres ouvertes, fatigué, suant et heureux, maniant le pinceau, la truelle ou la ponceuse électrique avec la ferveur qui caractérise les amours débutantes.

La suivante, davantage convoitée qu'aimée, représenta un de ces mariages d'ambition réussis en apparence, mais secrètement malheureux. Je m'étais promis à un avenir tout de solitude casanière, elle y prêtait idéalement ses pièces aux dimensions spacieuses. Mais dès que j'y fus installé, je dénombrai ses courants d'air, je comptai ses fuites et ses taches d'humidité. Elle devait me réserver peu de surprises agréables. Une pourtant. Quand on fit sauter le faux plafond qui altérait les proportions du salon, je découvris les cannelures presque intactes de faisceaux de licteurs modelés à la main dans les pâtisseries d'origine, et la rosace centrale qui développait, sur près d'un mètre de rayon, un double rang de palmes affûtées.

Entre-temps, je m'étais épris, dans un quartier malfamé, d'une ruine d'un style Regency tardif dont le jardin, retourné à la sauvagerie, bordait le parking d'un marchand de vin. Cette maison, mise en vente par l'Armée du Salut au profit des vieillards nécessiteux, était le legs d'un boucher du nom de Green qui y avait longtemps vécu avec sa mère. Une légende, transmise par voie orale à la faveur de conversations de pub, voulait que la mère du boucher Green ait su avant tout le monde le bombardement de Liverpool, pour y avoir assisté du fond de son lit par la fenêtre de sa chambre.

Or, si la maison du boucher Green donnait effectivement sur la mer, c'était en un point d'où il est impossible d'apercevoir la côte anglaise. Ce ragot absurde embrasa cependant mon imagination et je me mis à voir, très précisément, cette scène qui n'avait jamais eu lieu.

Je me représentai la chambre de la bouchère, avec sa fenêtre aux contrevents patinés par laquelle on apercevait la mer au bout du jardin.

Je me fis une idée assez détaillée des meubles et des tentures qui pouvaient la décorer en 1941. Je vis enfin la bouchère elle-même (sous les traits d'une espèce de Gracie Field ou d'Athene Seyler ou d'une autre de ces vieilles actrices qui hantent les Ealing comedies), confortablement adossée à ses oreillers, par une de ces nuits d'été qui retiennent jusqu'à près de onze heures la clarté du jour, une tasse de cacao, près de son chevet, posée sur une de ces soucoupes à double creux, faites pour recevoir aussi un macaron au gingembre... Et soudain, dans un coin de la fenêtre, vers l'est, à fleur d'horizon, éclate quelque chose comme une gerbe de feu d'artifice d'un rose très atténué par la distance et les brumes de la mer : l'incendie d'India Building.

Je sais ce qui me séduit dans cette image. Elle me rappelle les longues soirées de l'hiver passé, meublées par les événements de la guerre du Golfe, que je suivais moi aussi de mon lit, sur l'écran de télévision. J'éprouvais alors un contentement inexplicable qui avoisinait la félicité et me rappelait le diagnostic prononcé jadis par nos aînés pour fustiger les revendications d'une jeunesse insouciante : « Ce qu'il leur faudrait, c'est une bonne guerre ! » Vingt-cinq ans après, je le vérifiais malgré moi, puisqu'il semblait que le spectacle d'une « bonne guerre » soit ce qu'il fallait à mon bonheur.

Je touche ici à un de mes fantasmes les plus constants et sans doute les plus anciens : imposer aux commotions du monde les limites d'un cadre dont elles ne peuvent pas déborder, tandis que je m'abstrais moi-même du cadre, pour me tenir du côté où il ne se passe rien. Ce ne sont pas là les conditions d'une jubilation sadique de triste aloi – même si ce fantasme est grosso modo indicatif de mes sentiments pour l'humanité en général –, j'y recherche plutôt la confirmation délicieuse que la vie ne peut rien contre moi, parce que j'échappe à sa juridiction, dans un espace au statut de réalité incertain, dans une région où la monnaie des préoccupations et des événements universels n'a plus tout à fait cours.

L'île dérisoire, élue par moi, dans un choix qui l'opposait violemment au reste du monde, était, par excellence, cette terrasse d'où c'est le privilège des grands et des individus mal insérés et fuyants, comme moi-même, d'assister aux catastrophes. La mode, les progrès de la médecine, les conflits sociaux, la criminalité, les révolutions de l'art moderne, la tolérance sexuelle l'avaient oubliée, comme elle s'appliquait à oublier le reste du monde à l'égard duquel elle ne manifestait qu'une sorte de neutralité condoléante et distante. Pourtant, parmi les lieux communs vernaculaires, il en était un qu'on entendait répéter dans tous les dîners et les drinks parties : l'île était une résidence idéale, à condition de s'en évader souvent pour ne pas s'encroûter ou risquer la claustrophobie. Mais, curieusement, quand ces insulaires s'évadaient, c'était pour aller séjourner dans d'autres îles : Rhodes, Chypre, Malte ou les Canaries. Les continents ne leur semblaient que des voies de passage, des corridors sans intérêt et pleins de courants d'air.

Au début de mon installation, lorsque l'on s'enquérait des causes de mon choix, que l'on me demandait si j'étais consultant en droit maritime international, fervent de pierres runiques, amateur de badminton ou bien père de jeunes enfants en âge d'être violés, torturés et assassinés, que j'avais voulu soustraire aux dangers des grandes villes, je répondais simplement que j'avais choisi cet endroit parce que c'était *nulle part*... Puis je cessai, voyant que la subtilité de mon propos n'était pas accessible à tous et qu'elle me faisait passer pour un grossier personnage.

Pourtant, lorsque je revenais en taxi d'un dîner dans le nord de l'île et qu'au détour de Governor's Hill les modestes illuminations de la baie de Douglas m'apparaissaient en contrebas, elles m'évoquaient ces maquettes de plan général qu'on voit dans les films et je savourais la satisfaction d'habiter une ville presque fictive.

Contre tous les avis autorisés que j'avais sollicités, il me fallait la maison du boucher Green. Elle était affligée d'un mal redoutable propre aux pays tempérés et pluvieux et en particulier à l'ouest des Iles Britanniques : une espèce de champignon funeste s'y propageait qui courait sur la pierre et corrompait le bois. Les spores de ce mérule de la famille des polyporés fleurissaient sans vergogne aux murs du salon du boucher Green.

Les insulaires éprouvaient à l'égard du mérule une terreur superstitieuse, lui prêtaient, dans sa recherche du bois à ronger, une intelligence presque humaine en même temps qu'une vigueur diabolique et une résistance quasi surnaturelle à tous les traitements. On racontait qu'il pouvait gagner soixante-quinze centimètres de bois sain en une seule journée de grosse chaleur. On affirmait qu'après plus de quinze ans d'éradication et la démolition d'une maison contaminée, sur les fondations de laquelle on en avait élevé une autre, on avait vu reparaître, dans la maison neuve, cette oronge couleur de sang séché, au même endroit, exactement, où elle avait achevé sur la précédente son œuvre d'effritement.

« Malgré son avis contraire, est-il dit dans *Les Chants de Maldoror* (je cite de mémoire), le jeune homme a un ami dans le vampire, en comptant l'acarus sarcopte qui produit la gale, il aura deux amis... »

Je n'étais plus un jeune homme, tant s'en faut, mais j'aspirais secrètement à l'intimité de cet incoercible champignon qui est un peu le vampire des chaumières et l'acarus sarcopte des poutres porteuses. L'idée qu'il poursuivrait invisiblement son travail de sape, qu'il lancerait tout autour de moi, à la dérobée derrière les moulures de plâtre, derrière les plinthes, derrière les boiseries, les tentacules et les surgeons de ses lentes métastases, au même rythme où je poursuivrais mon œuvre, me séduisait infiniment.

C'est là une bizarrerie qu'il est malaisé d'exposer à un entrepreneur en maçonnerie, sauf à passer pour un plaisantin ou pour un fou. Je devais donc ruser et me retenir d'avouer que ce n'était pas en dépit de cette tare mais à cause d'elle que je désirais si violemment la maison du boucher Green.

Des devis furent faits. Les charpentes corrompues pouvaient être remplacées par des poutrelles d'acier, aux linteaux de bois on pouvait substituer des linteaux de béton. Les murs malades seraient doublés de feuilles de parpaing fixées à des bâtons protégés de la contamination par des enveloppes de feutre. Compte tenu de la taille de la maison, de la vue exceptionnelle qu'elle offrait, du terrain qui l'entourait et de sa proximité avec le centre, ces réparations coûteuses ne paraissaient plus si folles.

Mais dès que je sus qu'elle pouvait recouvrer la santé, la maison du boucher cessa de m'intéresser.

Je me rappelle l'époque où je convoitais la maison au mérule comme la plus harmonieuse de mon séjour dans l'île, comme celle de mon intégration sociale la plus achevée, comme celle où la coïncidence entre la réalité du lieu et l'idée romanesque que j'avais décidé de m'en faire fut la plus étroite.

Le fait qu'une loi en désuétude permît encore, en principe, de flageller les homosexuels ne retranchait rien au sentiment de sécurité que j'éprouvais ici.

L'île avait été jadis un lieu d'internement pour *enemy aliens* et il m'arrivait de spéculer, dans un mouvement de divagation masochiste, qu'en d'autres temps, ma condition d'étranger louche m'aurait valu de boucler une petite valise et de me rendre au camp, tout proche, d'Hutchinson Square. J'y aurais sans doute reconnu dans la sentinelle soulevant un élément des chevaux de frise pour me livrer passage, le commis d'épicerie ou le poissonnier qui me servait depuis des années dans le civil et qui aurait pris la liberté de m'accueillir en me saluant par mon nom, pour atténuer d'une note d'humanité et d'une inflexion familière le pénible devoir que lui auraient fait les circonstances.

Le destin qui ne voulait pas que je succède au boucher dans les mêmes pénates mit sur ma route une autre maison.

Comme des démons défendent l'entrée de cavernes fabuleuses, deux lilliputiens d'obédience musicale, un pianiste (caricature de petit Mozart hystérique et vieillissant) et son épouse, réduite par lui au silence et à l'approbation machinale, gardaient la maison et l'habitaient. C'est avec ces créatures que je devais m'entendre. La femelle dodelinante et cassée par quarante ans de tyrannie conjugale et le mâle, vibrionnant et catégorique, faillirent me dégoûter de la maison. Il allait me falloir des mois et les bouleversements de transformations radicales pour chasser de chez moi le souvenir de leurs présences disgracieuses.

Les fuites commencèrent alors à prendre rang parmi mes préoccupations les plus constantes. Il y avait celle de la toiture principale qui menaçait d'imprégner et de pourrir l'extrémité de la poutre maîtresse. Il y avait celle du couloir, imputée à une cloque imperceptible dans l'enduit bitumeux qui fixait le cadre d'un vasistas. Il y avait celle, étrange, de la cuisine, qui s'égouttait par terre comme un saignement, en petites taches rougeâtres, et ne se manifestait qu'à la suite d'une chute brusque de la température extérieure. Alors, à ma stupeur, le plafond de frisette exsudait, à l'instar des stigmates de Thérèse Neumann, une liqueur sanguinolente.

On finit par comprendre que la responsabilité en revenait aux fiches de fonte rouillée d'une galerie ornementale qui courait tout autour du toit.

J'avais mangé le pain blanc de mon exil, c'était dans la maison précédente, dans celle-ci, je ne devais jamais me sentir tout à fait heureux ni tout à fait chez moi.

A deux exceptions près.

Le transbordement de la cuisine, d'un étage à l'autre, qui dura quelques semaines, m'inspira la solution de prendre mes repas dans la cave humide où j'installai un fauteuil, une table et un four à micro-ondes, pour y réchauffer des beignets de poulet à la sauce aigre-douce, commandés au take-away chinois. Cette manière de campement me ravissait. En fait, elle flattait l'illusion d'un compromis impossible entre le sédentaire et le fugitif, qui est la grande affaire de ma vie.

Quand les travaux commencèrent, par le rez-de-chaussée, je me réfugiai pour écrire au premier, puis au second, puis au troisième, dans une salle de bains dont la fenêtre panoramique embrassait la baie, le retour en à-pic de la colline d'Onchan et, la nuit, l'enseigne lumineuse intermittente du scenic railway. J'y installai ma machine puis mon ordinateur et une bouilloire électrique. Moyennant un déplacement de quelques pas seulement, je pouvais m'interrompre pour aller faire du thé, pisser ou prendre un bain. Je m'y trouvai bien. Je n'en bougeai plus. Cette migration de la cave aux combles constitua la prise de possession symbolique de mon nouveau domicile, elle devait rester incomplète. Pour les dix autres pièces que comptait la maison, j'y suis entré, bien sûr, mais je n'ai pas souvenir de m'être arrêté dans aucune.

Peu à peu cette maison me révélait son passé contrasté. Avant les lilliputiens musicaux, elle était habitée par des mormons courtiers en assurances, bientôt chassés par une faillite frauduleuse. Fraîchement débarqués de Salt Lake City, les missionnaires de John Smith continuaient néanmoins à venir se présenter à cette ancienne antenne connue d'eux sous le nom de Mormon House.

Bien avant le pianiste et l'agent d'assurances, la maison avait été occupée par un compositeur de chansons de quelque renommée, Haydn Wood. On le situera mieux quand j'aurai dit qu'il est l'auteur, entre autres, de *Roses of Picardy*.

Il ne me déplaisait pas de songer, tout en battant en neige (contre mon intuition qu'ils ne seraient du goût de personne, pas même du mien) ces romans massifs où la cuiller tient debout toute seule dans l'implacable élévation du style, qu'Haydn Wood, entre les mêmes murs, avait écrit le dernier succès d'Yves Montand.

Mon goût pour les parasites mortifères, qui n'avait pas complètement fait son deuil de la maison du boucher, me poussa à imaginer un exotique pis-aller. Je méditai d'accrocher aux palmiers du jardin ce lichen américain qu'on appelle spanish moss et dont les décorateurs de cinéma abusent dès qu'il s'agit d'évoquer la décomposition morale du vieux Sud, dans un film sur la guerre de Sécession. Mais, renseignements pris, ce fungus qui prospère dans la chaleur humide de la Louisiane n'était pas acclimatable aux pluies et aux vents de la mer d'Irlande.

Nous nous retrouvons, à l'autre bout du terrain vague, dans une maison en chantier dont la construction paraît interrompue. Il y a une chambre garnie d'un matelas à même le sol. La chambre est éclairée par une unique bougie fichée dans une bouteille de Coca-Cola vide.

Il aurait mieux valu qu'il m'assomme dans le terrain vague pour me voler mon portefeuille. Il ne m'aurait laissé qu'un traumatisme. Je ne m'en inquiète pas encore, mais il va me laisser bien pire : de bons souvenirs.

Il y avait si longtemps, je ne savais plus quel goût ça a, un garçon... J'ai conscience du ridicule de cet aveu et de l'inflexion sentimentale aggravante qu'il doit au romanesque de la situation et du décor : cette chambre sans toit, que les étoiles... Où sont les jasmins ? je sens des jasmins. Il doit y avoir des jasmins quelque part.

En un instant, l'idyllique peut devenir sordide mais, hélas, l'inverse aussi est vrai.

J'envisageais des attouchements sommaires et vite expédiés. Une moiteur que je sens sur son ventre me fait croire qu'il a conclu, que je vais pouvoir rentrer me coucher, mais il ne s'agit encore que de ce lubrifiant naturel baptisé par les Américains *love juice*.

Cette étreinte qui se prolonge me met mal à l'aise, la nervosité que j'essaie de cacher donne une fébrilité à mes gestes. Je me vois en imagination, je me juge, et je me juge mal. Puis, une exhortation surgie à propos de la rude sagesse des expériences ou de l'âme immortelle d'Édith Piaf me souffle quelque chose comme :

« Espèce de vieux con, au lieu de faire tant d'histoires tu devrais te réjouir que ça t'arrive encore ! » Dans le même registre, me reviennent aussi les mots de Gabin à Franco Interlenghi dans *En cas de malheur* : « Oui ! Avec cette gueule-là ! J'aimerais mieux en avoir une autre mais ce qui est extraordinaire c'est que ça m'arrive aujourd'hui avec cette gueule-là ! »

Nous sommes couchés sur le matelas. Nos bouches se dessoudent le temps qu'il me murmure :

– Ramasse !

J'hésite, puis le geste de sa main qui désigne mes vêtements me fait comprendre que par « Ramasse ! » il veut en fait dire « Enlève ! »

Je ne rectifierai jamais cette formulation fautive. « Ramasse ! » prendra sa place parmi les mots de notre intimité. Prononcé ce soir-là avec la douceur d'une requête, il acquerra peu à peu une tournure d'intimation plus sèche. Dans les derniers jours de Stockholm, puisque *cela* est la seule chose qui fonctionnera jusqu'à la fin, « Ramasse ! », accompagné, en une occasion au moins, d'un claquement des doigts rappelant le signal du dresseur à l'otarie savante, n'énoncera plus que la décision d'assouvir un besoin naturel à peu près aussi chargé d'émotion qu'une brusque envie de pisser.

Au moment où je consigne ces détails, j'aurais presque le réflexe de m'en excuser, d'avoir vaguement honte de leur indécence. J'aurais davantage honte de les taire. A mon âge, quand on fait dans l'autobiographique, si ce n'est pas pour avoir l'indécence de montrer son cul, ça n'est vraiment pas la peine.

Nous nous revoyons le jour suivant. Nous dînons dans le même restaurant, sur la terrasse aux girandoles atténuées. Il me raconte qu'il a fait une promenade avec des amis dans la montagne, du côté du Krak. Je me suis gardé d'évoquer une répétition des ébats d'hier. C'est lui qui en parle. Il me dit qu'il est un peu fatigué par sa promenade et préfère qu'on aille chez lui demain. Je comprends qu'il a déjà tiré un coup ou deux dans l'après-midi, mais je ne m'en formalise pas. Bien que, de ma part, une implication affective commence à se dessiner, le soulagement d'y couper, comme à l'ordinaire, prime chez moi tout autre sentiment.

Je rentre à l'hôtel dont la chambre qui donne sur le rond-point est devenue mon dernier domicile. Je n'en ai plus d'autre. J'ai appris à vivre avec presque rien, *out of a suitcase*, comme disent les Anglais. Presque rien s'est révélé tout à fait suffisant. Il y a sans doute, au fond de ma grosse valise, des objets, des vêtements de rechange, des livres que j'ai oubliés et dont je n'avais donc pas besoin.

Vers la fin, la maison était devenue tout à fait habitable, presque confortable. On en avait réparé toutes les fuites, un lilas poussait près de la porte de la cuisine, les clématites et le chèvrefeuille recouvraient la tonnelle. J'avais planté les cosses de capucines rouge sang dont j'attendais la floraison.

A l'intérieur, j'accumulais des collections dérisoires, des tombereaux de livres que je ne lirais jamais, des toiles si monumentales qu'elles ne pourraient jamais plus retrouver de place ailleurs. C'était une manière de m'interdire de partir.

La constante de ma complexion mentale qui me lance régulièrement à la poursuite de quelque chose ou de quelqu'un d'introuvable s'était fixé un nouveau but, investie dans une nouvelle obsession : mettre la main sur un annuaire du téléphone de la région parisienne, datant des années cinquante.

Cette préoccupation peut être jugée insensée, elle n'était pas futile. Il m'apparaissait que ce livre capital contenait un secret sans lequel je pourrais continuer à vivre, certes, mais comme s'il me manquait un doigt ou une oreille, c'est-à-dire avec la conscience d'un déficit irrémédiable.

Cet annuaire, je me mis à le désirer douloureusement. Je ne sais pas désirer autrement.

Les bouquinistes sollicités n'étaient pas sûrs de comprendre : « Un annuaire avec les centraux ?... Vous voulez dire Pel 22 22, Balzac 00 01 ? » Ils hochaient la tête : « Les annuaires, mon pauvre monsieur, c'est ce qu'on jette en premier... » Le sentiment de manque devenait intenable. J'aurais payé cet annuaire n'importe quel prix. Dans un emportement de frustration, je m'étais laissé aller à confier à un marchand de vieux papiers qui m'avait regardé comme un fou, que j'aurais donné (car cette quête impossible était en train de me détruire) mon bras droit pour l'annuaire alphabétique de 1954 !

Cette tomaison-là apparaît précisément, l'espace d'un plan de quelques secondes (à la faveur d'un échange de drogue dans une cabine téléphonique) dans un film policier d'Henri Decoin, *Razzia sur la Schnouf*. Chaque fois que je revoyais ce film – et je le revoyais aussi souvent qu'il était diffusé –, le plan de la cabine téléphonique m'étreignait d'une émotion insupportable. Le secret que je cherchais était là, avait été là, matériel et intangible, visible et inaccessible. Je comprenais le principe du supplice de Tantale.

Je m'interrogeais sur la violence de mon désir et ses motifs. Si cette rareté m'était tombée par miracle entre les mains, pensais-je, je l'aurais ouverte à la lettre L, j'y aurais cherché l'adresse oubliée d'un petit hôtel particulier du boulevard Bineau, démoli vers 1964 pour faire place à un immeuble. J'ai utilisé son décor dans un de mes romans et aussi quelques-uns de ses habitants qui sont aujourd'hui disparus ou dispersés, par une succession de ces tragédies ordinaires qui composent le plus clair de la vie des gens... De toute façon, ils ont mon âge et à cinquante ans on n'est plus un héros de roman.

Boulevard Bineau, invisible de la rue, il y avait un jardin clos avec un cerisier qui donnait des cerises montmorency à chair diaphane. Sous le cerisier, était assise une adolescente blonde qui allait se tuer en avalant des barbituriques une dizaine d'années plus tard. Il y avait aussi un garçon d'origine russe, d'une beauté frappante, et un autre, genre petit con des beaux quartiers, qui pérorait à propos de l'art de Goya dont il prononçait le nom si étrangement, dans le souci d'étaler sa familiarité du castillan, que personne, je crois, n'était tout à fait sûr de savoir de qui il parlait.

Votre serviteur aussi est dans l'image, avec la conscience douloureuse (bien entendu !) que son interprétation particulière du prodige de la jeunesse, comparée à celles des autres, de ce garçon si beau, de cet autre si érudit et de cette jolie fille déjà secrètement si malheureuse, est très inférieure, plus banale, moins enlevée...

Je ne sais plus ce qu'il y a avant ou après la réunion sous le cerisier, c'est le seul plan qui subsiste, le reste du film s'est perdu. Je ne pourrais pas dire non plus clairement ce que ce souvenir a à voir avec l'annuaire, mais il me semble que, d'une certaine manière, il est aussi dedans.

Un jour, dans un déballage, je n'en crois pas mes yeux, il y a là, intact, sur un coin de couverture à même le trottoir, un annuaire alphabétique et professionnel de 1950.

Comme la chance procède par séries, il ne se passe pas huit jours que je ne déniche un annuaire « par rues » de 1955. En six mois, j'aurai toutes les années, de 1950 à 1961.

Mon fétichisme années cinquante ne s'arrête pas là, j'accumule dans la salle de bains les fauteuils scoubidous et les cendriers aérodynamiques. Je collectionne de vieux journaux qui me permettent de suivre, de semaine en semaine, les programmations du cinéma Brady, de l'Abri-Étoile, du Royal-Passy, du Régina, pendant l'hiver 1957 qui fut si froid. J'entrevois le sens d'une telle régression. Ce que je rassemble dans cette maison neutre, ce sont les accessoires de mon enfance dont j'ai entrepris de récupérer et de sauver quelque chose. Pourtant elle ne m'a pas laissé de bons souvenirs. Mais justement, ces annuaires, ces meubles, ces journaux me ramènent un peu de la saveur du monde tel qu'il était, tel que je n'aurai jamais eu l'occasion de m'en délecter, tel qu'on l'a soustrait, par cruauté et par bêtise, à mon enfance sacrifiée.

En ces années-là je pratiquais l'ascèse de la gratitude. La gratitude était ma croix, mon infirmité de naissance, comme d'autres ont une bosse ou un pied bot. Et, comme la plupart de ceux-là, je ne me révoltais pas. J'étais soumis aux cruautés incompréhensibles du sort. On m'affirmait que j'étais le récipiendaire de bienfaits fabuleux et immérités. Je ne voyais pas lesquels, mais cet aveuglement aussi devait témoigner de ma mauvaise nature. En fait, conscients qu'ils n'auraient plus les moyens d'acquitter les faramineux dommages de guerre dus pour ma destruction, les escrocs responsables de moi avaient inventé, par un retournement audacieux, de transformer le crédit en débit, l'indemnité exigible en cette dette de gratitude dont on m'accablait.

J'allais mettre la moitié d'une vie à comprendre à quel point on m'avait eu et comment le bien qu'on prétendait m'avoir fait déguisait, en réalité, le crime commis sur moi. Il me faudrait tout ce temps pour accepter, contre les défenses absurdes de l'amour-propre, l'évidence que j'avais été sacrifié deux fois. Par le crime, la première fois, parce que les circonstances l'exigeaient et que c'était la solution la plus commode; par le mensonge ensuite, pour rien, parce que les coupables préférèrent confisquer, au profit de la bonne opinion qu'ils tenaient à cultiver d'eux-mêmes, une vérité terrible mais qui m'aurait peut-être sauvé du pire.

Les annuaires sont pleins de noms de gens que j'ai aimés, que j'ai haïs, que j'ai craints, qui sont morts. J'y retrace les pérégrinations de personnes que j'ai connues ou dont j'ai entendu parler. La liste des abonnés par rues m'affirme, avec l'autorité de la chose imprimée, contre l'évidence du temps qui passe, que le Dr Sadegh Hedayat est toujours rue Championnet, qu'Alexis d'Orlay de Karwa habite encore boulevard Pereire, que l'actrice Betty Daussmond a quitté l'avenue Bugeaud pour la rue des Dames. Le monde est en ordre, je suis soulagé, le monde de mon enfance... Mais tout à coup, je ne veux plus de mon enfance.

Il n'est qu'un détour dans ma quête, mais un détour inévitable, je le devine. Il ne soutient pas la comparaison avec Nissim, il n'en est qu'une incarnation passagère et approximative. Pourtant, je décèle entre eux une parenté qui tient au même charme fait de fourbe douceur, d'éclairs de sauvagerie, d'avidité. Il faut, pour acquérir ce charme, la pratique de longues années de privation et d'humiliation.

J'ai tendance à tomber amoureux de l'enfance malheureuse des autres. Il l'a senti et me fait visiter son existence misérable. Dans les deux pièces d'un appartement dénudé mais impeccable, s'entassent une douzaine d'hommes et de femmes. La nuit sépare les sexes dans les pièces transformées en dortoirs. Comme on se partage indéfiniment l'espace et probablement la nourriture, on se partage aussi le travail, rare, à l'usine de coton voisine.

Les hommes de la famille sont absents, je ne saurai d'ailleurs jamais qui ils sont exactement, Farid en parle peu, c'est l'élément femelle de sa parenté qui tient le premier rang dans ses préoccupations : la mère et la grand-mère surtout. Il y a un côté narrateur de *La Recherche*, chez ce personnage. La nature symbolique de son attachement à ces femmes s'exprime dans les cadeaux qu'il leur fait par mon entremise, des babouches, des boîtes. La signification psychanalytique, transparente, de ces offrandes me ravit. Lorsqu'il s'avisera de me faire, à moi aussi, un cadeau, il choisira ce qu'il définit comme une « belle décoration », la maquette, sculptée dans du bois tendre, d'un canon à la bouche ourlée comme un gland, dressé sur un affût à roulettes qui évoque une paire de couilles. Comme d'autres y ont le cœur, Farid a l'inconscient sur la main.

Il décide d'une excursion dans la ville voisine où sont des cafés-concerts, avec des crooners en smoking et des chanteuses empailletées qui ressemblent toutes à Dalida à ses débuts. La ville voisine, je le sais, est celle d'où Nissim est originaire. Je la découvre avec une émotion particulière. La fameuse meule de foin où est l'aiguille, la voilà donc, je saurai au moins à quoi elle ressemble.

Le taxi s'engage dans de grandes avenues résidentielles à l'occidentale. Ce n'est pas là que j'ai le plus de chance de le rencontrer. En termes d'affect comme en termes de cache-tampon, je gèle. Mais des collines apparaissent au loin. Une lèpre de masures, tassées, serrées, accrochées les unes aux autres, en recouvre les flancs. De rares lumignons éclairent à peine ce magma de taudis qu'on sent grouillant d'une vie tenace et désordonnée. Un mouvement du cœur me porte vers cette ville des pauvres. C'est là qu'il est, je le sais. C'est d'une de ces tanières fétides qu'est sorti l'animal éclatant.

Dans le quartier de la promenade et des cafés chantants, je dévisage les passants qui flânent, j'espère le rencontrer à chaque coin de rue. Je suis toujours déçu.

Dans le taxi du retour, la nuit embaumée entre par la fenêtre ouverte. Farid me parle, je tourne la tête pour le regarder. La petite lumière n'est pas sur lui. La petite lumière qui transforme en feux follets les gens qu'on aime, qui les fait briller parmi la nuit des foules indifférentes. Elle y sera un jour, un peu. On aime rarement au moment qu'il faudrait.

Je le retrouve le lendemain à une terrasse de café. J'aurais souhaité qu'il ne vienne pas. Notre liaison routinière m'ennuie déjà. Elle limite pour moi le champ de la rêverie et du possible, sans me combler pour autant.

Farid me raconte à présent une histoire compliquée que j'écoute d'une oreille distraite, sachant déjà où il veut en venir. Il s'agit d'une amende à acquitter et qui va les mettre sur la paille lui et sa famille. Je me renseigne sur le montant de l'amende. Il est dérisoire. Pour entendre parler d'autre chose, je porte la main à la poche intérieure de mon veston et j'en tire un billet. Farid, dans sa hâte, prévient le geste par lequel je vais lui tendre l'argent. Son bras passe par-dessus mon épaule et sa main vient cueillir le billet d'entre mes doigts pour le faire glisser doucement dans sa paume. Un sourire enjôleur, auquel il doit prêter des vertus anesthésiantes, accompagne cette extraction indolore.

Ce geste a sur moi une répercussion surprenante, l'effleurement de nos doigts autour du billet se révèle la caresse la plus troublante et la plus efficace que j'aie jamais connue, au point qu'un réflexe me fait croiser vivement les jambes et serrer les cuisses pour bloquer les canaux éjaculatoires. Je ne peux pas m'empêcher de comparer le trouble puissant qui me submerge avec mon laborieux plaisir lors de nos retrouvailles nocturnes à la cabane. Ce qu'il me faut, ce n'est donc pas l'étreinte au sable chaud, mais plutôt la précision quasi chirurgicale de cette main que je sens fuir avec son butin. Je voudrais dire à Farid : « Refais indéfiniment ce geste, qu'enfin quelque chose nous lie pour de bon. Je deviendrai de plus en plus vieux et de plus en plus moche et toi tu ne t'arrangeras pas non plus, mais tu seras toujours vénal et cupide et moi j'aurai toujours de l'argent, je me débrouillerai... Et je croirai aussi à ton amour et qu'il est éternel. » Mais on ne peut pas dire ces choses-là aux gens, ils ne comprennent pas ou ils se vexent. Ils manquent tellement de simplicité.

Il semble que l'éjaculation précoce soit en passe de devenir un des thèmes « fédérateurs » de notre relation. Nous avons quitté la ville pour une autre qui cerne une baie immense.

Vue de la mer, cette ville doit être impressionnante, mais à l'intérieur on est surpris par son manque de profondeur, il n'y a guère que l'épaisseur de deux ou trois rues entre le front de mer et les faubourgs, elle n'est qu'un ingénieux paravent.

Nous sommes pour la première fois dans une chambre d'hôtel. Dehors, on entend psalmodier un mendiant qu'accompagne un babouin dressé à faire la manche.

Je suis assis au bord du lit, il s'est approché de moi, j'ai posé la tête contre son ventre, j'enlace ses fesses, je frotte doucement mon visage contre sa braguette, en songeant, avec une impudeur perverse ou seulement masochiste, que je lui offre ainsi une vue plongeante sur mon crâne chauve. Je mordille son sexe à travers l'étoffe du jean. Il empoigne ma tête et l'appuie plus fort contre son entrejambe. Une petite tache apparaît sur le pantalon.

Je suis bêtement flatté, puis je me dis qu'il y a toutes sortes de formes au désir et toutes sortes de motifs à la jouissance, que celle-ci peut n'être que le spasme d'une révulsion vicieuse. Je me souviens que dans la nuit des temps de ma jeunesse, les empressements salaces et opiniâtres du vieil amiral V. m'excédaient, mais m'amenaient parfois à cet état d'âcre et paradoxal consentement où, justement, on veut ce qu'on ne veut pas, on désire ce qui vous répugne.

Mais le rapprochement avec le vieil amiral V. ne constitue pas une analogie tout à fait pertinente. Pour me représenter ce que j'inspire à ce jeune homme je me reporte plutôt au lointain été de ma rencontre avec Tom Underwood et à notre liaison que devait conclure mon départ à l'automne 1968. Les protagonistes de cette liaison lamentable en avaient les mêmes âges, sauf qu'à l'époque, le jeune homme, c'était moi... Je m'émerveille, au passage, de l'espèce de farandole schnitzlérienne qui scande les successifs attachements, d'un bord à l'autre de la vie. On joue tous les emplois en amour, c'est une question de temps.

Cette liaison était marquée au sceau du va-et-vient, de la décision formelle aussitôt suivie du repentir, de l'atermoiement entre deux impossibles. Plus concrètement, je transhumais d'un lit à un autre. A la molle couche underwoodienne s'opposait, dans une alternative sans issue, le sommier défoncé et crasseux d'un chicano de dix-neuf ans qui vendait des lunettes dans Spanish Harlem, à l'enseigne exotique d'Opticas York.

De même que l'Allemand suicidaire, admirateur du *Mont analogue*, je ne devais jamais revoir Tom Underwood.

A la faveur d'un dernier voyage en Amérique, vers 1987, ma relation avec Tom Underwood connut une sorte de postface étrange. En visitant un musée dans une ville de la côte Est, je m'arrêtai devant une toile intitulée *The Dean's roll call*, il s'agissait d'un portrait du grand-père de Tom peint par Osgood Wilkins. J'avais entendu parler de ce portrait fameux que la famille avait offert au musée en dation. Mais je ne l'avais jamais vu reproduit et j'ignorais quelle saisissante ressemblance y était consignée. Sous la toque de dignitaire académique, c'étaient les mêmes yeux bleus délavés, les mêmes favoris blond roux, la même bouche mince et sans couleur. Le corps aussi était semblable, figé dans une attitude impérieuse. La manche de la robe, relevée sur le bras dont la main tenait le rouleau de l'appel, découvrait, au poignet, cette peau rosâtre de blond invétéré dont je me remémorais, avec une désagréable exactitude, le goût fade. Ma connaissance intime de ce corps me revenait tout à coup si vivement, que j'en éprouvai une gêne spontanée et que je m'éloignai vite, comme si, pour les visiteurs du musée qui en étaient les témoins, ma seule station devant ce portrait était aussi indécente que le spectacle des ébats partagés jadis avec le descendant du modèle.

Farid m'a élu pour être son passeur tout comme, d'une autre manière plus symbolique, il est le mien. Je comprends que lorsqu'il prétend m'aimer, ce n'est pas absolument un mensonge, il m'aime de toute la force de sa volonté de fuir. Cette volonté n'est pas nouvelle, enfant, il élevait des pigeons voyageurs qui durent finir à la casserole, une année de disette.
Parfois, m'explique-t-il, il intervertissait la moitié des œufs dans les nids de deux femelles qui couvaient en même temps. Les œufs éclos, il observait les manifestations de rivalité et d'hostilité des oisillons de mères différentes. Il est opportun de savoir que le père de Farid a deux femmes épousées à peu de temps d'intervalle et que la famille dont Farid est le seul garçon s'est trouvée « dupliquée », pièce pour pièce, en quelques années. La seconde famille est la première dans les préoccupations et dans le cœur du père, et son fils puîné, son fils préféré.

Cette enfance assassinée (comme les pigeons voyageurs) n'est pas tellement différente de la mienne. A ceci près que, dans mon cas, l'aisance matérielle permettait de se dédouaner par des compensations qui vous désignent comme un enfant gâté et vous privent de tout recours à la revendication (Tu aurais tort de te plaindre, j'en connais beaucoup qui voudraient être à ta place !), mais ne compensent rien. On ne compense pas l'abandon.

Les données plus brutales et plus sordides de celui dont souffre Farid ne permettaient pas semblable équivoque. C'est peut-être mieux ainsi, on acquiert plus vite la conscience exacte de sa position désespérée. On sait ce qui reste à faire. Farid sait qu'il faut séduire la chance. Il sait qu'il n'est un peu d'avenir dans la vie que pour les préférés, il faut être le préféré. Il faut faire en sorte de le devenir enfin, mais pour découvrir alors que le manque d'habitude rend le poids de cette préférence insupportable et vous conduit à mépriser ceux qui vous l'accordent, trop tard. En cela aussi je me retrouve en lui, et le jugement sévère que devrait m'inspirer son comportement à mon égard se tempère d'indulgence en ce qu'il me paraît indissociable d'un jugement rétrospectif sur moi-même : certains, plutôt rares au long de ma vie, ont été assez insensés pour me préférer. C'est une folie que je leur ai fait payer très cher. Vingt-cinq ans après, j'entends encore claquer, en même temps que la porte du minuscule appartement de la rue Jacques-Callot, la petite phrase d'adieu que lance, en réponse à mes récriminations, quelqu'un qui ne reviendra pas. C'est elle que je devrais emprunter au passé pour l'opposer, à mon tour, aux accusations de Farid : « Va dire ça à ceux qui t'ont rendu fou ! »

J'ai mis un moment à comprendre que, pour Farid, je suis le père désiré et haï dont il faut gagner les suffrages pour lui faire expier son abandon.

C'est mon premier rôle de père, même si j'en ai largement l'âge, je ne m'y sens pas encore tout à fait à l'aise. L'expression de l'autorité due à l'expérience ne me vient pas naturellement. Comme je n'ai pas été en situation de chercher à plaire depuis longtemps, j'en suis resté aux procédés que j'utilisais il y a vingt-cinq ans et qui ne sont plus de saison. J'ai tendance à traiter ce garçon fruste et ignorant comme mon égal en sagesse. J'écoute les arguments catégoriques qui servent ses caprices et, le plus souvent, j'y fais droit. Quand j'aurai acquis suffisamment d'assise dans mon rôle pour m'aviser de résister, il ne sera plus temps.

Notre liaison est sans avenir, je le sais, mais déjà je n'ai plus la force d'âme qu'il faudrait pour y mettre fin. Je me surprends à guetter moins souvent la silhouette de Nissim au coin des rues. J'achète à Farid une djellaba blanche puis, conscient de l'espèce de sacrilège que j'ai voulu commettre, je lui déconseille, je lui interdis de la porter.

Notre liaison est sans avenir, mais pour le moment elle dure et nous fuyons en avant. La tentation de le transformer en *l'autre* ne m'a pas abandonné. Je l'encourage à s'exposer au soleil pour que sa peau mate, un peu jaune, prenne la nuance pain d'épice qu'avait celle de l'autre. J'aimerais mettre la main sur un de ces diadèmes de coton comme en portaient les domestiques de l'hôtel et trouver un prétexte pour le lui faire coiffer.

Ma démarche me fait penser à un film qui devait jouer un rôle important dans le développement de ma vie fantasmatique, *Vertigo* d'Hitchcock que j'avais émis le souhait de voir dès sa sortie. Ce souhait s'était révélé d'une réalisation délicate, on ne voulait pas l'exaucer sans l'aval d'un psychothérapeute pour enfants qui devait se tuer en voiture quelques années plus tard, après avoir publié la somme de ses travaux sous le titre : *Suicides d'adolescents.* Physician, heal thyself !

Car, si l'on me *gâtait*, c'était surtout de choses dont je ne voulais pas. (On a beau se décarcasser pour toi, rien ne te fait plaisir !) Celles dont j'exprimais le désir étaient beaucoup moins faciles à obtenir. Le désir que j'en avais, justement, les rendait suspectes et la joie que j'en escomptais ne pouvait être que néfaste et génératrice de mauvaises illusions. Si l'on y accédait pourtant à la fin du compte, c'était au prix d'un marchandage minable qui exigeait de moi un sacrifice en échange. On ne croyait pas faire preuve de cruauté, on voulait seulement m'inculquer qu'il faut toujours mettre un peu de malheur dans ses joies, comme de l'eau dans son vin. J'intégrai la recommandation à la lettre et, comme je n'aime pas les mélanges, je n'eus plus de joies.

Dans le cas de *Vertigo*, au moins, je ne regrette pas ma persévérance. Les films forment de vastes départements dans la géographie mentale, on les habite encore longtemps après les avoir vus. Celui-là qui constitue une insurpassable manipulation de la symbolique des couleurs, transmettait un message assez simple. La passion pour un être marqué par la mort, dans le piège du mensonge, s'y parait des couleurs chaudes qui signifient la vie : les tentures de damas rouge du restaurant Ernie's, le chemin de roses rouges dans la boutique du fleuriste, le cadre rougeoyant de la déclaration et de la rupture au milieu de la forêt de séquoias. Puis l'histoire bascule et viennent les couleurs pâles de l'obsession et de la réalité, le vert cadavérique que projette l'enseigne lumineuse à l'intérieur de la chambre d'hôtel, le mauve demi-deuil de la robe de Kim Novak lors de la scène des retrouvailles.

La partie magique du film est celle où James Stewart tente de reconstruire autour d'un ersatz le rêve de l'amour perdu. D'une grosse fille rousse aux vulgaires accroche-cœurs, aux lèvres trop rouges, au sweater moulant, aperçue dans la rue, il faut tirer cette apparition exsangue et platinée, dans ses manteaux blancs comme des linceuls. Cette métamorphose n'a pas de prix, heureusement, il est riche.

L'image, pour moi, la plus troublante, est celle où le pygmalion obsédé voit s'avancer à sa rencontre l'héroïne, docilement retournée au mensonge. Dans un seul regard échangé, les pathétiques amants prennent la mesure de la vanité de leur entreprise, pourtant, leur satisfaction est complète. La mince lisière qui sépare la nature du réel de celle de l'illusoire, le simple décret qui oppose l'authentique au faux-semblant sont des données inexorables, certes, mais sur lesquelles, en y mettant le prix et tout l'élan d'une détermination éperdue, on peut remporter un triomphe passager, dérisoire.

Je ne m'étonne pas de l'impression durable produite sur moi par ce film qui brasse les thèmes majeurs de mon existence future, la quête, l'obsession, l'argent.

Dans le cas présent, un détail suffirait à faire échouer l'illusion. Farid et Nissim ont tous les deux les yeux bruns, mais ceux de Farid sont du brun de l'œil de chat, ceux de Nissim d'un brun plus rare doublé d'hyacinthe. Curieusement, de tous les traits qui concouraient à sa beauté, ce n'est pas l'ovale précis du visage, la parfaite rectitude du nez ni la bouche égyptienne, mais cette nuance empourprée de l'œil brun qui me semble inimitable.

Farid a fui sans s'évader. Il est toujours relié au gynécée familial par le fil du téléphone. Plus ce lien devient manifeste (on exige de ses nouvelles au moins deux fois par jour) et révèle sa nature pathologique, plus Farid parle de fuir. Ces appels m'agacent, mais je n'ose pas m'en plaindre de front. Ma perversité invente un autre biais. Puisqu'on m'a mis au courant de l'abandon du père, je suggère : « Ta mère est une femme encore jeune, il y a sûrement un autre homme dans sa vie... » J'emploie à dessein cette terminologie pour confidences de shampouineuse, tout en sachant très bien que les arrangements que j'évoque n'ont pas cours ici. N'importe, j'ai atteint mon but : mes suppositions touchent un Œdipe douloureusement enflammé qui s'exprime en dénégations virulentes. Je sais à présent où est le défaut de la cuirasse, j'y reviendrai.

J'y reviens souvent, voyant que mon interlocuteur réagit toujours au quart de tour. Si je le taraude ainsi, c'est pour qu'il m'ouvre – à défaut de son cœur – sa psyché, qu'il m'avoue son désir de devenir – ou de rester – le seul mari de sa mère. Mais je conviens qu'il ne peut pas me livrer les secrets d'un inconscient dont il n'a pas conscience. J'invoque les besoins sexuels des femmes de quarante ans – dont je ne sais à vrai dire pas grand-chose. Je lui représente que la solitude est déplorable et injuste, d'une femme encore en âge d'avoir d'autres enfants... Puis je cesse de le torturer, non par pitié de l'état de détresse où le plongent mes propos, mais parce que je sens que, pour me faire taire, il est sur le point de me mettre un pain.

Le désir d'évasion qui le travaille se précise et s'affirme. Il projette toutes sortes d'existences occidentales (à mes côtés, prétend-il, sans vraiment me demander mon avis), existences consacrées par l'intégration instantanée et un grand succès, comme chanteur de charme. Je m'étonne de cette idée fixe de partir qui hante aussi beaucoup de ses contemporains. Il me répond : « Qu'est-ce que tu ferais, toi, si tu étais dans une maison qui brûle ? »

Cette comparaison m'émeut moins qu'elle ne me donne à réfléchir. Il a mis à dessein la barre très haut. Il n'est plus question pour moi de rester dans le confort d'une relation indéfinie. Il faut que je l'emmène ou que je le laisse, la « maison qui brûle » veut dire cela.

La maison, j'ai su exactement quand j'allais la quitter. Un des motifs que j'avais invoqués pour commettre la folie de l'acheter, c'était que les chats y auraient le bénéfice d'un grand jardin. J'avais quatre chats à l'époque. Une chatte grise, d'origine incertaine, mais d'une grande beauté, avait produit deux chatons noirs qu'elle s'était mise à haïr dès qu'elle avait cessé de les allaiter. Un croisement mal venu d'hymalayen et de manx, adorable, mais sale et stupide, complétait le quatuor.

Le jardin, protégé par une haie épaisse de véroniques et de rhododendrons, était bordé, sur un de ses côtés, par une rue peu passante. J'avais décidé de laisser les chats s'ébattre dehors et grimper aux palmiers, en espérant qu'ils ne s'aventureraient pas dans la rue. Grâce à des colliers à fiches électroniques commandant l'ouverture d'une chatière, j'accordais la latitude d'aller et de venir à trois des chats, mais pas à la chatte grise que je ne pouvais quitter des yeux sans me la représenter aussitôt, encore palpitante, étendue au milieu de la rue, un filet de sang coulant de son museau. Je la séquestrais sans remords, on paye d'un peu de sa liberté, c'est normal, l'excès d'amour qu'on inspire.

Pour ne pas la priver d'air et d'exercice, j'avais finalement imaginé de la cantonner à une sorte d'enclos que les anciens propriétaires avaient drapé de tulle, pour y protéger des massifs de framboisiers de la voracité des merles. La chatte grise se tenait à heure fixe devant la porte ouvrant sur l'enclos et, par un long miaulement péremptoire, réclamait de s'y rendre. J'avais répertorié ce miaulement spécial sous le vocable « cri du framboisier ».

Rien de funeste n'est arrivé de ce que j'avais craint.

Mais j'ai décelé un jour, sur une des pattes arrière de la chatte grise, une boursouflure molle, apparemment indolore, dont je n'aurais pas su dire quand elle était apparue. Le vétérinaire n'y a vu d'abord qu'une inflammation bénigne du tendon. Une dose d'antibiotiques devait la résorber.

Les antibiotiques n'ont rien fait, ni le temps. On s'est décidé à lancer et la plaie ne s'est pas refermée.

J'ai changé de vétérinaire. On m'avait recommandé, très loin, dans le nord de l'île, une sainte animalière à laquelle une marquise dont elle avait sauvé le chat s'ingéniait à faire décerner une distinction honorifique de l'Empire. C'était une personne étrange, mariée à un homme très doux, simple d'esprit, formé par elle à lui servir d'assistant. Elle avait une silhouette d'adolescent maigre, dans une blouse maculée de sanies, par-dessus des pantalons d'homme. Ses cheveux de noyée, un peu gras, longs sur les épaules, comme on les portait à Woodstock du temps de notre commune jeunesse, se divisaient, au sommet de son crâne, autour de la protubérance d'une loupe qu'une coquetterie supérieure la retenait de faire opérer. Je lui avais tout de suite accordé ma confiance. Je sentais que la résolue communion avec la nature qui définissait la vie de cette femme et s'exprimait dans son sacerdoce comme dans le choix du mari retardé n'était pas le fait d'une inclination spontanée, mais, un peu comme l'était mon exil, l'aboutissement et l'apaisement de longues tribulations destructrices.

Le résultat de la biopsie qu'elle avait pratiquée ne fut pas une surprise.

Les jours de la chatte grise étaient comptés.

Elle vécut encore trois semaines, sans souffrir, en témoignant d'un sain appétit, mais en quittant rarement mon lit. La femme à la loupe venait régulièrement changer ses pansements. Elle parcourait l'île dans une vieille fourgonnette dont l'arrière, mi-chenil mi-dortoir, contenait des cages pour y transporter les chiens malades et des sacs de couchage pour permettre à ses enfants, qui l'accompagnaient fréquemment dans ses tournées de visites, de faire un somme.

Ce furent trois semaines relativement heureuses dans la résignation à la séparation prochaine et la dégustation des bonnes choses. Elle dormait beaucoup, était très faible et, lorsqu'elle voulait boire ou manger, me signifiait par un miaulement léger de lui apporter l'écuelle près d'elle sur le lit. Quand elle devait malgré tout se lever, ses mouvements étaient handicapés par une cornette de matière plastique qui l'empêchait de se lécher mais l'aveuglait partiellement et la faisait avancer en balançant la tête de droite et de gauche pour appréhender les obstacles.

Une toux et un essoufflement dénoncèrent une métastase au poumon.

Il était temps.

C'était au début de l'hiver 95, vers six heures du soir. La femme à la loupe est venue. Un de ses enfants l'accompagnait, une petite fille d'environ dix ans. Nous nous tenions autour du lit. La chatte grise avait ouvert les yeux et salué ces présences maintenant familières d'un miaulement si faible qu'il était presque imperceptible. Elle n'avait pas peur, j'aurais juré qu'elle savait et qu'elle consentait. Moi aussi, dans le même moment, je consentais à cette part de mon destin qui allait se dérouler sans elle et les larmes qui commençaient à glisser sur mes joues me chatouillaient un peu, mais n'étaient pas douloureuses. Je continuais à caresser la chatte tandis que la seringue dispensait l'anesthésie dépassée.

Elle avait ronronné jusqu'à la fin.

La petite fille nous regardait attentivement. Davantage que le spectacle de la mort du chat auquel elle avait déjà souvent assisté, c'était celui du deuil larmoyant d'un adulte et d'un homme qui la fascinait. Je lui avais demandé : « Toi aussi, tu seras vétérinaire quand tu seras grande ? » Elle m'avait répondu : « Non ! » avec une violence qui en disait long sur son rapport au métier de sa mère et peut-être à sa mère elle-même.

La chatte ne bougeait plus. La respiration persiste quelques secondes après la mort clinique, puis cesse. La vétérinaire m'avait prévenu que le cadavre risquait de se relâcher et qu'il vaudrait mieux le poser par terre sur des journaux. Mais je n'avais pas voulu la bouger ni la faire enterrer tout de suite, à cause d'une terreur que j'ai moi-même d'être enterré en état de catalepsie et de me réveiller dans mon cercueil.

La rigor mortis s'était installée, raidissant les pattes et la queue qui reposait en formant un arc contre l'oreiller.

Lorsque j'étais allé choisir un chaton au refuge, c'était l'heure de la pâtée servie dans un plat communautaire. J'avais remarqué cette boule grise, grosse comme le poing, qui escaladait vaillamment les corps des chats adultes pour accéder à la nourriture. Je l'avais désignée à l'employée du refuge, en m'enquérant de son sexe. Elle avait attrapé la boule grise et soulevé sa queue, découvrant les lèvres duveteuses d'un vagin minuscule : « It's a girl ! »

Je l'avais laissée sur l'oreiller, elle ne s'était pas relâchée. En fait, j'avais passé la nuit près d'elle, recroquevillé au bord du lit tandis que les autres chats s'approchaient parfois pour nous flairer.

Au matin, je l'avais enveloppée dans une vieille robe de chambre qu'elle aimait et dont elle avait eu la manie de sucer l'étoffe rêche dans un simulacre de tétée – comme font les chats qui ont été abandonnés et sevrés trop tôt.

J'avais voulu creuser un trou entre les framboisiers, mais ma modeste expérience de terrassier m'avait tout juste permis de casser la pelle dans la terre gelée. J'avais appelé un jardinier.

J'avais repassé en souvenir quelques moments de sa vie, le transport en taxi, dans une boîte en carton à l'intérieur de laquelle je l'entendais miauler d'angoisse, quand j'étais allé la chercher au refuge; sa découverte circonspecte du territoire de la maison; sa première accointance avec mon autre chat qui s'était mis à la laver vigoureusement, jusqu'à transformer cette boule de poils mal tenue en une peluche impeccable. Je revoyais la naissance des chatons. L'accouchement avait eu lieu sur mon lit. Le ventre de la chatte se soulevait régulièrement pour moduler sa respiration puis, quand le premier de la portée s'était présenté, elle s'était levée brusquement et elle s'était mise à tourner en rond en gémissant, tandis que deux petites pattes noires pendaient déjà sous sa queue. Après que les chatons étaient nés, dans mon empressement à me rendre utile, j'avais jeté bêtement la moitié du placenta.

Il m'était apparu soudain que ces épisodes marquants d'une existence de chatte avaient été aussi, pendant les neuf années qu'elle avait vécues, les plus notables de la mienne. Ce n'était pas brillant.

Dans la soirée, comme je remontais dans ma chambre, la violence du chagrin avait atteint tout à coup une sorte de culmination. Je m'étais assis sur une des marches de l'escalier, dans le noir, et je m'étais mis à pleurer à sanglots. Les larmes ne me viennent pas facilement. J'éprouvais une certaine fierté en songeant que ma mémoire pouvait porter assez loin, sur une quarantaine d'années, sans me ramener le souvenir d'en avoir versé une seule pour un être humain. J'ai toujours aimé les animaux contre les gens. Les gens ne méritaient pas mes larmes...

J'étais profondément triste, c'est vrai, mais la tournure tragique qu'était en train de prendre ma vie, d'un point de vue esthétique, ne me déplaisait pas : ce vieux qui sanglotait sur son escalier, dans cette maison froide, avec ce chat mort...

Je sais d'où vient ma répugnance à pleurer les morts humaines. Elle remonte à la disparition accidentelle d'un de mes grands-pères pour qui je n'éprouvais aucun sentiment d'affection particulier. J'avais quand même réussi, par une tension de la volonté, à produire publiquement des larmes qui devaient quelque chose à ma peur panique, mais qu'on avait prises pour des larmes de chagrin. C'était l'essentiel. En fait, j'avais pleuré comme on sauve sa peau, convaincu que des yeux secs m'auraient dénoncé pour l'imposteur que j'avais conscience d'être et qui n'aimait personne. Mais ce tribut de pleurs que je m'étais arrangé pour payer m'humiliait atrocement. J'avais honte de la lâcheté qui me faisait simuler. Pour pleurer quelqu'un avec un peu de sincérité, il faut avoir aussi la liberté de ne pas le pleurer. C'est un choix qu'on ne m'avait pas laissé. On ne m'avait jamais représenté l'affection comme un sentiment mais comme un devoir. Et je ne parle même pas de la gratitude (J'espère que tu te rends compte de ce qu'on fait pour toi ? Tu peux nous remercier...). J'ai vu disparaître, depuis, toute une génération de mon ascendance, je n'ai plus jamais fait l'effort de pleurer personne.

Farid appelle sa mère de la chambre d'hôtel. Sans doute force-t-il son enthousiasme pour lui décrire ses premières impressions de l'Occident dont j'ai déjà compris qu'il le déçoit et ne lui inspire que mépris et méfiance.

Tandis qu'il parle d'un ton animé, sa main libre griffonne sur un bloc-notes un écusson que scinde en deux une vilaine cicatrice comme celle laissée par la lame d'un coutelas. Est-ce l'emblème de sa double sexualité, de la rupture avec les siens, de la séparation prochaine avec moi ? A côté de l'écusson, on voit apparaître une fleur, une espèce de marguerite au cœur noir sur lequel le stylo repasse nerveusement. Les pétales de la fleur sont des flèches dont certaines ont distinctement la forme d'un avion. Mais ces flèches qui symbolisent la fuite ne tiennent pas l'horizontale, elles penchent, bifurquent et retournent vers le cœur.

Stockholm n'était pas une bonne idée, mais une autre capitale d'Europe n'aurait pas mieux fait l'affaire. J'avais choisi celle-là pour sa vertu de contraste avec le lieu d'où nous venions, sa blondeur, sa pâleur, ses soirées qui s'étirent à n'en plus finir.

Soleil, soleil, moi je descends
Vers vos navrants palais polaires
Dorloter dans ce saint suaire
Votre cœur bien en sang
En le berçant...

Mais Farid ne regarde ni les monuments ni les gens. Que le soleil soit encore visible à dix heures du soir le scandalise. Il oppose, à la nuit qui tombe raisonnablement chez lui à huit heures au plus tard, l'absurde et laborieux crépuscule boréal. Ce phénomène astronomique lui semble condamnable comme tant d'autres pratiques occidentales.

Trouver un restaurant qui lui convienne est une manière de tour de force. Il est obsédé à l'idée d'avaler du porc par mégarde. Il n'y a que les spécialités orientales qui le rassurent un peu. Nos rapports sont largement médiatisés par la nourriture. Il suffit que je lui suggère le choix d'un plat pour qu'il n'en veuille pas, il en sélectionne un autre auquel il touche à peine puis m'entraîne hors du restaurant. Rentré à l'hôtel, il se plaint d'avoir faim et exige que je ressorte pour lui acheter un gâteau. Je reconnais ces caprices.

J'avais les mêmes vers six ou sept ans. Si, partout ailleurs, j'étais soumis aux pressions du chantage, je me vengeais à table en ne mangeant rien de ce qu'on m'offrait. J'avais ainsi acquis la haute main sur mon alimentation. On avait fini par renoncer à me forcer et je décidais moi-même de mes menus. On me faisait préparer sans argumenter tout ce que j'annonçais daigner manger. Je me souviens ainsi d'un repas de cerises cuites et d'un autre de crêpes flambées.

Les genoux de Farid sont couverts d'anciennes cicatrices qui remontent à l'enfance. Bambin chancelant et sous-alimenté, il tombait beaucoup, m'explique-t-il. Je comprends le coup des restaurants et du gâteau. Je suis le père nourricier qui vient trop tard.

D'une manière plus générale, il éprouve un vif plaisir à me voir le servir. Quand il ne m'envoie pas « en course », il me demande d'aller chercher le cendrier ou ses cigarettes qu'il attend désormais que je lui allume, parce que j'ai eu le malheur de le faire une fois spontanément. Dans un restaurant, comme il en place une entre ses lèvres, il s'étonne que je ne fasse pas aussitôt jouer le briquet. J'essaie de lui expliquer que ces prévenances de geisha relèvent d'un comportement qu'il ne sied pas d'avoir en public avec un jeune amant. Il ne comprend pas et se fâche. Je jette un coup d'œil autour de nous pour m'assurer qu'on nous regarde, qu'il y a des témoins à ma reddition honteuse.

Je brandis le briquet bien haut et fais rouler la molette. Il a saisi le sens de la scène. Il observe un léger temps avant de condescendre à se pencher vers la flamme.

Ces conduites odieuses servent encore une autre sorte de revanche, elles expriment une rancune atavique d'ancien colonisé. Il sait obscurément que son dénuement, son ignorance, ce qui s'exhale, de lui-même et de ses manières, des bas-fonds sociaux d'où il est surgi, font sa force, parce qu'à mes yeux ils font son charme. Il en profite pour prendre barre sur moi. Il fait suer le blazer.

Il est insomniaque, fait des siestes de trois heures pendant la journée et se réveille au milieu de la nuit pour écouter de la musique à tue-tête. Je lui propose de prendre un somnifère. Il s'y refuse en arguant qu'il est allergique à la pénicilline. Comme j'insiste, il m'accuse de chercher à l'assassiner.

Un jour, à l'occasion d'un débat plutôt détendu, je lui dis, sur le mode d'une plaisanterie affectueuse, qu'il est un salaud et un con. Il me regarde un instant gravement et me répond que, pour moi, il voudrait trouver un mot pire.

En quelques jours de voyage et de vie commune, Farid s'est révélé tel qu'en six adjectifs choisis, les tarots me l'avaient décrit : fourbe, caractériel, instable, manipulateur, colérique et violent. Il a eu à cœur de décliner chaque facette de cette définition. Puis, il est parti.

Je l'ai cherché un peu dans les rues de Stockholm. Sa disparition me l'avait rendu soudain plus précieux, elle accentuait sa ressemblance avec l'autre. On aura compris que l'état d'adoration, chez moi, s'accommode mal de la présence.

Je le cherchais, et ce m'était l'occasion de découvrir comme sa silhouette était courante et pour ainsi dire générique. Farid avait résisté à la métamorphose que j'aurais voulu induire et qui ne visait pourtant que son aspect extérieur. A mes tentatives pour ménager dans son apparence une atmosphère d'élégance cossue, il avait répondu par un refus rien moins qu'explicite, mais opiniâtre. Il ne souhaitait pas que je fasse de lui un Arabe sortable, il me signifiait à sa manière qu'il ne dînerait jamais en ville. Lors de nos visites aux magasins de vêtements, qui procédaient pourtant de son initiative, son souci de me faire raquer au maximum semblait déjoué, en dernier ressort, par un impératif essentiel, probablement inconscient. La protestation d'une identité sociale irréversible parlant plus haut que le simple calcul, il se dirigeait d'instinct vers les vêtements de pauvre, préférait l'acétate au 100 % coton Oxford, les baskets fluorescents aux mocassins Sebago. Par ces choix, il esquivait l'assimilation qu'il prétendait désirer. Un air de prospérité, il le sentait bien, quoi qu'il ne tienne qu'à quelques paroles et à une conjoncture fragile, l'aurait isolé, exilé même. La conversion à l'opulence est une aventure individuelle, riche de sensations singulières et secrètes, comme escalader une haute montagne ou doubler le Cap Horn en youyou. Farid n'avait pas l'âme si hasardeuse. L'expérience de la misère, à l'inverse, est un fond commun qui se partage indéfiniment. La misère ne requiert pas qu'on se distingue, au contraire, elle rassemble, égalise, réduit à son dénominateur et pose ainsi à la nation. Farid n'était pas disposé à échanger contre d'aléatoires bénéfices son appartenance à ce peuple innombrable. Au pied du mur, il ne pouvait se résoudre à cesser de ressembler aux *siens*.

Le résultat était probant : le T-shirt, le baggy de popeline à multiples poches et la casquette à large visière me donnaient l'impression de l'apercevoir à tous les coins de rue. Ces illusions successives le dépouillaient de tout ce que je lui avais prêté de singulier. Il n'était qu'un spécimen. Dans deux ou trois ans, avec la même dégaine (ces animaux-là ne dansent qu'un seul été), il serait terriblement démodé.

Je dors mal cette nuit-là. Je me défends d espérer qu'il revienne, mais je l'espère. Je passe par différents états assez désagréables. L'inquiétude d'abord : je sais qu'il n'a pas assez d'argent pour aller à l'hôtel et qu'il va coucher sur un banc ou dans une gare. La jalousie : il va s'empresser de trouver quelqu'un qui lui offrira une place dans son lit. La colère : il va finir par rentrer et je l'attends de pied ferme pour l'engueuler. L'inquiétude et la colère me feraient presque sourire. Si ma vie et mes goûts avaient été autres, je n'attendrais pas dans un état d'esprit bien différent un fils revenant à l'aube d'une surprise-partie.

J'apprendrai deux jours plus tard qu'il est rentré chez lui par le premier vol. Il avait dans sa poche son billet d'avion. Ce retour prématuré consacre la renonciation à ses désirs d'Occident. C'est la conclusion qu'il impose à notre histoire. J'en suis triste mais aussi, d'une certaine manière, soulagé et je me surprends à compter les plumes que je n'aurai pas perdues avec lui. S'il faut croire, avec le Dr Lacan, que l'amour consiste à donner ce qu'on n'a pas à quelqu'un qui n'en veut pas, alors, je l'aurai vraiment aimé.

Moi aussi, je rentre.

Dans le train qui me ramène de Stockholm, un Chinois me demande du feu. Je n'en ai pas et, même si j'en avais, allumer les cigarettes des autres me rappelle de mauvais souvenirs. Je lui réponds que je ne fume pas. Il semble étonné et me demande pourquoi, alors, je me suis installé dans un wagon fumeurs. C'est, dis-je, parce qu'en général, dans ces wagons, il n'y a pas d'enfants. J'imagine que l'échange n'ira pas au-delà, mais je me trompe. Ce Chinois s'ennuie, il est d'humeur communicative. Il avise le petit livre que j'étais en train de lire quand il m'a interrompu, *En attendant Godot*. Il commente : « Good play ! You like it ? I like it ! »

Dans cette question et cette affirmation qui s'enchaînent une intonation drôlement appuyée m'alerte et me fait pressentir un double sens. Serait-il possible... ? A ma perplexité répond, dans le regard du Chinois, une lueur guillerette qui ressemble bien à une confirmation.

J'ai décidé de ne plus m'étonner de rien. La dernière fois qu'on m'a fait des avances désintéressées, c'était à Chicago en 1987, un Noir, voyageur de commerce, dans le bar d'un hôtel. Quand il m'avait proposé d'aller prendre un dernier verre dans sa chambre, je lui avais dit : « Il est bien tard... » Je crois qu'il avait compris que je ne parlais pas seulement de l'heure.

Je regarde le Chinois plus attentivement. J'ai toujours pensé qu'il existait, entre les différents goûts des gens, une cohérence sous-jacente, que les préférences littéraires avaient un lien de solidarité avec les prédilections culinaires et les choix des partenaires sexuels. Cet homme « aime » *En attendant Godot,* ceci explique sans doute cela.

Il est un peu gras, plutôt moche, plutôt chauve et il a au moins trente-cinq ans. Mais la question n'est plus là. C'est comme lorsqu'on est enfant, assis au sommet d'un toboggan, avec d'autres enfants derrière soi sur l'échelle, et qu'on a un peu peur. Les données de la volonté personnelle constituent une indication tout à fait secondaire par rapport à la déclivité du toboggan.

Si une folie qui redevient de mon âge mais n'est déjà plus du sien nous inspirait de descendre en cours de route pour conclure dans un hôtel, ce Chinois gérontophile qui ne sait rien de mes péripéties serait impressionné par la provision de préservatifs que je transporte dans mes bagages.

Dans deux heures, je serai à Paris. « C'est le cœur serré », toujours, que je passe la frontière.

Clair pays de La Fontaine, où j'ai grandi parmi les concierges délatrices et les adjudants sadiques. Je t'aurais fui depuis longtemps et à jamais. Tu me tiens par ta langue. Ma fatalité abominable, c'est d'être quand même *de toi* que j'exècre, par le lien de ce don des mots, que je méprise.

J'ai eu vingt ans ici, en des années où la jeunesse était tenue à l'œil et suspecte à l'ordre. Je fuyais, aussi souvent que possible, le territoire d'une aliénation morne. Tout plaisir, tout projet d'avenir m'y semblaient impossibles. La vie qui se savoure et qui grise commençait à Douvres, à Domodossola, au pont de Kehl.

A la douane, il y a une série de guichets où l'on vise les passeports. J'attends. Il y a trois personnes devant moi. Je remarque alors que le guichet voisin s'est dégagé et je m'en approche. Le jeune douanier qui y officie me signifie à distance : « Vous respectez votre file d'attente ! » Je mets un instant à comprendre ce qu'il veut dire. Pour les petits-bourgeois consensuels de sa sorte, de même que l'expression de la volition est indécente (on ne *veut* pas, on ne *désire* même plus, on *souhaite*), l'usage de l'impératif est obscène. L'ordre a fait place à l'indication euphémistique.

Quant au fond des choses, ça n'y change rien. Le ton sur lequel ce fonctionnaire s'adresse à moi en est la preuve.

Le custom officer qui vous accueille en Grande-Bretagne a les manières courtoises et circonspectes d'un réceptionniste d'hôtel qui vous examinerait, avant de vous tendre votre clef, pour évaluer si vous aurez de quoi payer la note.

L'attitude du moindre douanier français exprime d'abord, d'une manière implicitement menaçante, l'autorité discrétionnaire dont il est investi. Il se sait être l'émanation d'un État qui possède tous les instruments du totalitarisme (même quand il renonce benoîtement à les exercer) et toutes les traditions de l'arbitraire. Il n'ignore pas qu'il procède d'un système où les droits des individus ne constituent qu'un paramètre incidentel et où la plupart de ces droits, à y regarder d'un peu près, ne sont que des tolérances.

Ce pays de tolérances, quand je l'évoque en mon for intérieur, j'en remplace le nom que faisait sonner Péguy (*Mais c'est toujours la*

France ou petite ou plus grande...) par un surnom qui résume mes sentiments à son égard : *Drancy...* Et qu'on n'entende pas comme une offense à la mémoire des victimes cette hyperbole qui revendique le registre d'une subjectivité meurtrie et l'impunité du fantasme, mais, dans ce pays-là, j'entre toujours comme d'autres allèrent aux douches.

Les rides d'expression sont celles d'un homme sensible, raisonnablement serein, les cheveux teints dénoncent une répugnance à vieillir trop vite. Il peut avoir mon âge. Il n'utilise ni les tarots ni le pendule. Il élude les questions que je lui pose, pour m'entretenir d'une énergie mystérieuse qui serait en moi, à portée de mon souffle, il désigne un point sous le sternum.

A part ça, c'est la quincaillerie habituelle des bouddhas, des shivas, des batiks et des bâtonnets d'encens. Les chambres de bonne habitées par des étudiants étaient déjà décorées dans ce style « retour de Katmandou », du temps de ma jeunesse. Les effluves de l'encens y masquaient des relents de frichtis ou de water venant des couloirs.

Avec la meilleure volonté du monde, cet homme ne voit rien. Si je le presse de se concentrer, ses « flashes » ne ramènent que des images passe-partout, sans signification. Décidément, en matière de voyance, il n'y a d'éblouissantes, parfois, que les concierges qui vous font le grand jeu sur un coin de toile cirée grasse. Dès qu'une théorie s'en mêle, c'est foutu.

Je ne veux pas me brûler au grand soleil de la sagesse définitive ni travailler à entrevoir le sens de l'univers. Je veux juste, par le truchement d'un honnête médium, suivre un instant les déambulations désœuvrées d'un jeune homme fourbe, colérique et violent à quelques milliers de kilomètres d'ici.

En arrivant à Paris, je m'étais senti assez mal, le souvenir des événements de Stockholm me revenait, plus pénible, à mesure que se dissipait l'engourdissement qui suit le choc. La fuite de Farid avait divisé ma quête. Je n'avais pas renoncé à poursuivre *l'autre*, mais lui aussi, désormais, il fallait que je le cherche. A la fin du compte, je ne savais plus qui je voulais retrouver, l'autre ou lui, l'autre à travers lui, un autre ?

J'avais voulu soumettre l'ensemble de ces interrogations au jugement de l'irrationnel.

Mais les médiums désertent la capitale pendant l'été. Je n'avais trouvé que ce mage, au fin fond du XIVe arrondissement.

Il finit par voir Farid dans une ville qui ressemblait à Paris, marchant au hasard, peut-être le long des quais, à la recherche d'un café ouvert, pour y *boire un coup*. Il attend la nuit, *avec le plan de s'éclater*... À cette formule, je devine que mon interlocuteur, comme moi, a des fréquentations au-dessous de son âge, mais les siennes sont du sexe opposé.

Il conclut la consultation par quelques conseils qu'inspire plutôt le bon sens que l'extra-lucidité. Il m'exhorte à la résignation, à la patience, à l'oubli. Je lui réponds par un soupir, un temps et une constatation du genre : « C'est triste la vieillesse des pédés... »

Alors, quelque chose d'inattendu et d'assez beau se produit. Cela prend d'abord la forme d'un cri du cœur pour protester que la maturité des hétérosexuels n'est pas de beaucoup plus drôle, que la vieillesse, indépendamment de ses inclinations, ne commande plus que des solutions de pis-aller. Puis, cet homme qui n'en connaît visiblement pas grand-chose se met à me parler de l'homosexualité comme un sportif parlerait d'un club rival pour lequel il n'aurait jamais eu la tentation de jouer, mais dont il envierait pourtant les équipements modernes, les vestiaires spacieux et les facilités d'entraînement. Ce qu'il envie, c'est justement la désinvolture des rencontres et des séparations dont ma propre histoire témoigne. « Chez *vous*, dit-il, on n'a pas à s'engager... » Je le devine couvert de femmes anciennes, et nouvelles qui, toutes, exigent de lui le respect d'un engagement. Au fond, semble-t-il me dire, je ne connais pas mon bonheur...

Comme il manque de monnaie, nous allons ensemble en faire au bistrot du coin où il m'offre un café. Je ne reviendrai pas le voir et je n'achèterai pas la protection magique qu'il m'a proposée, je crois qu'il le sait. Mais je ne regrette pas d'être venu. Je ne regrette pas notre communion inopinée dans l'expérience plutôt douloureuse de l'âge. J'en sors un peu apaisé. Parfois, à la faveur d'une coïncidence, d'une intuition, d'une petite phrase, on est soudain tout proche d'un quasi-inconnu qu'on ne reverra jamais. On est plusieurs dans sa solitude, on est compris, un instant. C'est une des belles choses de la vie.

Je rentre à pied à travers des quartiers semidéserts, en zigzaguant au hasard. Il n'y a pas tant de hasard que cela. Je me retrouve gare du Luxembourg, à l'orée du territoire du malheur. Ce morceau de Paris, connu et honni plus encore que les autres, s'étend, dans un axe sud-nord, de l'avenue de l'Observatoire (justement décrite par Jean-Dominique Bauby qui l'habita comme « la plus belle avenue de Limoges ») au marché Saint-Germain et, dans un axe transversal, de l'allée poussiéreuse qui double la portion haute de la rue Bonaparte, jusqu'à cet angle des rues Monsieur-le-Prince et Vaugirard, jadis occupé par la boulangerie Bezeaux.

J'ai grandi sur ce territoire, du temps où les bouquinistes et les débitants en bondieuseries n'avaient pas encore été délogés par les marchands de fripes. Ce quartier Saint-Sulpice était alors – me croira-t-on –, avec ses commerces surannés et ses nobles façades lépreuses, plus moche encore qu'aujourd'hui.

Je ne passe jamais sans un frisson de réminiscence devant l'école communale de jeunes garçons où j'ai connu les rigueurs de l'encasernement préventif : En rang par deux – Fixe – En avant ! Et une cohorte de bagnards en blouse de quincailliers s'ébranlait dans un petit matin d'exécution qui a duré, me semble-t-il, aussi longtemps que mon enfance...

On m'avait mis là par économie et principes républicains, avec la recommandation de me fondre dans la masse des fils de prolétaires – mission qu'on s'était aussitôt plu à rendre impossible, en envoyant la bonne m'attendre à la sortie.

Pourtant, c'est moins les condisciples que les maîtres qui s'ingénièrent, au nom, sans doute, de la mystique fasciste de l'Égalité qui sévissait déjà à l'époque dans ce pays, à me torturer tout au long de mon Golgotha scolaire. Il me revient, entre autres, le souvenir d'un moniteur de gymnastique syndicaliste qui, pour un mouvement exécuté à contretemps, s'était amusé à me gifler à toute volée et en cadence pendant une bonne minute, jusqu'à me faire saigner du nez. Saisi par la soudaineté des coups, ébloui par la violence de l'hostilité qui s'y exprimait, je n'avais pas même tenté de me protéger. Je sentais qu'à cet instant, s'il avait pu me tuer impunément, le moniteur de gymnastique l'aurait fait. Plus encore qu'à la classe sociale dont j'étais un produit contestable et honteux, sa haine, je le devinais, s'adressait à des déviances que ma complexion vulnérable devait déjà trahir chez moi bien avant que je ne leur donne forme. J'avais prolongé malgré moi les sévices que m'infligeait cette brute, en ne pleurant pas. Ce n'était pas par courage ou défi dont j'étais bien incapable, mais parce que la férule de l'enseignement laïc obligatoire et gratuit, à laquelle on avait livré un être – plein de défauts et de vices, sans doute, mais un être – avait fait de cet être une chose. Or, les choses ne pleurent pas.

J'ai oublié le nom et le visage du petit fonctionnaire bien noté qui se défoulait aux frais d'un enfant sans défense, sur le mode : « On vous brisera, mon gaillard. » Me briser ? Le brave homme retardait. Il y avait longtemps déjà que je n'étais plus qu'une chiffe hébétée.

Cet incident est à l'origine de ma conviction qu'il existe, non pas un degré, ce serait trop dire, mais une *nuance*, dans la gamme de l'ignominie, qui n'appartient qu'à la mentalité française.

Je n'étais pas le seul à souffrir aux mains des sadiques de l'instruction publique et il me semble invraisemblable aujourd'hui que personne ne s'en soit plaint assez haut et assez fort pour être écouté. La révélation de ce que nous subissions fut-elle accueillie dans les familles des autres victimes avec la même indifférence agacée qu'elle le fut dans la mienne quand enfin je me décidai à parler ? Je ne peux pas le croire. Peut-être n'y eut-il pas de révélations. Lorsqu'on est quotidiennement tourmenté, avili, réduit à une docilité abjecte pour la plus grande gloire du système éducatif de Jules Ferry, c'est comme lorsqu'on est violé, on ne s'en vante pas.

Ces pratiques de cruauté antédiluviennes ont disparu et maintenant que les gens ne savent plus lire, c'est beaucoup mieux.

Les tortionnaires de mon enfance ont fait place à des « instits sympas » mais ma rancune n'est pas éteinte. Laminé, saccagé, détruit, je n'ai retrouvé que dans la haine, à mon tour, le minimum de dignité indispensable à la survie. Aussi, chaque fois qu'un malheureux enseignant de CES est rossé dans un parking par des galopins *en échec scolaire*, quelque chose en moi qui vomit l'ordre et exécrera toujours les maîtres jubile à voir payer cet innocent, comme paya jadis l'innocent que j'étais.

L'autre pôle de mon malheur subsiste, trois cents mètres plus bas. Il s'agit d'un immeuble haussmannien dont la silhouette alourdie d'oves et de rinceaux frappe l'œil à la manière d'une incongruité obscène, dans ce fief des vestiges XVIIIe de second ordre. A cette espèce de centrale des pompes funèbres qui ne déparerait pas le boulevard de Courcelles, s'accote une basse masure où trouva refuge, quelque temps, un écrivain autrichien chassé par l'Anschluss.

La juxtaposition de la masure et de l'immeuble crée, dans le front des façades, une dénivellation brutale qui achève de défigurer une rue déjà laide.

La vue de cette maison hideuse et déplacée provoquait une interrogation immédiate. Quelle sorte de gens avaient choisi de vivre là, qui s'y privaient à la fois du décorum d'un quartier chic et de l'atmosphère « Miché du Siècle » – comme dit Céline – que certains commençaient à venir chercher alentour, dans les parages des cours pavées et des perrons à encorbellements ? Qui, pour formuler les choses dans la vernaculaire d'aujourd'hui, pouvait avoir à ce point « tout faux » ?

Quoi qu'il ait pu en être, les aspirations proclamées dans la façade du 20 de la rue de L. aux altitudes supérieures du standing, étaient défaites, au-dedans, par un élément imprévu. Un horrible détail réduisait en dérision l'effet d'opulence produit par la vaste étendue des tapis-brosses en chiendent véritable et par la nacelle de glaces et d'acajou de l'ascenseur. Certes, dans le « grand escalier », on ne percevait aucun effluve de la soupe du voisin en train de cuire, mais on était accueilli par une puanteur bien pire. Une odeur de charogne contre laquelle les habitants étaient mithridatisés, mais qui saisissait à la gorge les visiteurs, saturait l'air prisonnier dans la cage d'escalier et s'y maintenait à une intensité constante, été comme hiver. Elle émanait d'une concierge obèse, sale et vieille, mais diligente à répandre équitablement son fumet à travers les étages, qui semblait avoir commencé à se décomposer toute vive dans les parties communes. Bizarrement, je ne me souviens pas que cette servitude innommable ait donné lieu à aucune plainte ni qu'aucune démarche ait été tentée pour faire renvoyer la fauteuse de pestilence douée, par ailleurs, de toutes les vertus du Cerbère exemplaire. Soupçonneuse des étrangers, dure aux subalternes, servile avec les riches, il n'y avait rien à reprocher à cette femme et il faut croire que le droit à un air respirable n'aurait pas constitué une revendication légitime.

Ce musc immonde et familier, fait de moisissures intimes, d'exsudat ranci, de suppurations stabilisées, qui imprégnait le vestibule et l'escalier de la rue de L. et que j'ai toujours dans le nez quarante ans après, « incarne » pour moi l'odeur sui generis de la bourgeoisie.

Gare du Luxembourg, je me souviens de retours dans la nuit tombée après des dimanches passés à Sceaux. Je retrouve le goût exact qu'avait mon cheminement transi, le long des grilles du jardin vers la porte de la maison. C'était comme la dernière marche du condamné jusqu'à l'échafaud. Et encore, le condamné peut espérer la délivrance, voire une bonne surprise de l'au-delà, moi, je savais ce qui m'attendait. Pourtant, je n'étais pas maltraité, ni abusé sexuellement ni battu. C'était pire.

Les persiennes de fer sont closes. Je me rappelle les échelles lumineuses qu'elles projetaient, les jours de grand soleil comme celui-ci, sur les murs et le parquet du salon. Il me semble que c'est une image à laquelle j'ai fait un sort dans plusieurs de mes livres. Je me rappelle une autre odeur encore, une odeur qu'on ne respire que dans les grands appartements, jamais dans les deux pièces, une odeur de vide.

Dans cette maison, c'était comme si un ferment de corruption, lent à agir mais mortel, un pourrissement généralisé qui tenait à l'atmosphère à tous égards viciée, à l'accumulation des vieilleries et des amertumes, à la hideur prétentieuse du mobilier de style pour salle d'attente de dentiste, m'enveloppait, me contaminait peu à peu et faisait de moi un de ces enfants repoussants, comme on voit dans le film *Freaks*, qu'une rare dégénérescence transforme en vieillards avant l'âge de dix ans.

C'était un secret qu'on s'arrangeait pour ne me laisser partager avec personne. « Bien sûr, tu peux inviter un petit camarade après l'école... On dirait qu'on ne te laisse pas libre ! Comment s'appelle-t-il ton copain ?... C'est un petit youpin ! »

Ou bien :

« Qu'est-ce qu'il fait, le père du gosse à la chemisette reprisée ?... Il n'y a pas de sot métier. Ces gens-là nous valent bien. Il n'avait pas l'air très propre. Ils ne doivent pas avoir tout le confort chez eux. On pourra leur proposer tes vieux vêtements, je suis sûre que ça leur rendra service. »

Pour toute distraction, je me frottais à l'arête aiguë de ma solitude.

C'est l'heure de la quatrième prière dont on entend l'appel, mais il n'y a pas vraiment d'heures pour les visites.

Les odeurs sont plus violentes ici que dans les hôpitaux européens, celles du phénol et de l'éther prédominent.

On note la présence, inhabituelle dans ce lieu, d'un Occidental, mais personne ne me demande rien et je passe.

Les couloirs sont encombrés de chariots qui semblent abandonnés, certains portent un amoncellement de draps sales, d'autres, une collection de récipients plus innommables. Des hommes en pyjama forment de petits attroupements et discutent dans un nuage de fumée : des convalescents à qui on a permis de se lever pour aller griller une cigarette.

La salle commune doit compter une cinquantaine de lits. Certains (au chevet desquels on ne voit personne) sont isolés par un paravent poussiéreux. Ce sont les lits des mourants. Les autres lits sont, pour la plupart, cernés par les nombreux membres de la famille du malade. Des victuailles s'étalent sur la couverture, du lait caillé, des dattes fraîches, des bols de pilaf. On a installé dans la ruelle des réchauds à pétrole dont on règle la flamme en maniant une petite molette. Des théières de thé sucré s'y tiennent au chaud.

Il règne ici un brouhaha de hall de gare, les gens circulent, s'apostrophent de loin, des bandes d'enfants jouent entre les rangées des lits.

La puanteur est pire que dans le couloir. A l'odeur du désinfectant, s'ajoutent celles de la sueur, des déjections et des pieds.

S'il y a quelqu'un près de lui, je ne m'approcherai pas, ai-je décidé. Je ferai semblant de m'être trompé de salle, je ressortirai tout de suite.

Je passe en revue les lits. La voyante m'a prévenu que j'aurais du mal à le reconnaître, que la maladie l'a changé, défiguré.

On sait tous, de tout temps, comment ça doit finir, quelle cruelle métamorphose est déjà au travail, quel horrible visage on nous prépare pour la fin; sans parler du corps, vrillé par les tumeurs, humilié et incontinent. Entre la glorieuse jeunesse et cette échéance inéluctable, on interpose, en manière de divertissement, l'hypothèse optimiste de « la vie ». Mais quand « la vie » est brusquement soustraite du compte ? Cela donne ça...

Tout au fond de la galerie, à côté d'une fenêtre, je ne distingue encore que le contraste d'une tête brune contre l'oreiller blanc. Il semble que ce soit le visage d'un jeune homme qui a fermé les yeux par épuisement ou indifférence à ce qui se passe autour de lui.

Je l'ai retrouvé.

Il n'y a personne à son chevet, le mal auquel il succombe s'assortit d'un poids d'opprobre que se refuse à partager sa famille. Les périlleuses obligeances dont ce mal est le résultat auront pourtant sans doute contribué à la faire vivre.

Les admirateurs éperdus qu'il devait naguère encore à son rare physique se sont excusés aussi. Son abandon est exemplaire et rappelle à qui voudrait l'oublier que :

Caron vous passera sans passer les amours.

C'est en vain que je convoque le souvenir du beau jeune homme en djellaba blanche. Ce moribond squelettique n'a plus grand-chose en commun avec lui. Pourtant, malgré sa maigreur, malgré la teinte grisâtre qu'a prise sa peau, je l'ai reconnu, grâce à ses yeux aux reflets d'hyacinthe qui brillent encore au fond des cratères des orbites. Les lèvres de la bouche égyptienne sont desséchées et craquelées comme par une très longue soif. Je me penche vers lui, il me fixe.

Que vais-je lui dire ?

Je n'y ai jamais réfléchi. Mon évocation de la scène de notre réunion dans l'hôpital, tout comme la vision de Nissim sur la piste de la discothèque, ou le travelling de sa promenade le long de la plage, s'interrompt brusquement.

Cette panne de l'imaginaire est un faux-fuyant commode pour éviter de m'interroger sur mes motivations exactes. Je crains que la compassion n'y tienne pas la première place.

S'il m'était donné, autrement que par le biais d'une projection rêvée, de le revoir dans ces circonstances et dans cet état, je serais sans nul doute étreint par un sentiment d'affreuse tristesse, mais je ne trouverais pas les larmes pour le pleurer comme j'ai pleuré la chatte grise. Ce qui me lie à lui est un amour d'une autre sorte, moins désintéressé et beaucoup moins tendre. Je l'ai désiré et aimé autant qu'envié, peut-être, pour les ressources de vie à n'en plus finir que je voyais en lui. Il en est dépouillé à présent. A la lumière de cette révélation, c'est l'ensemble des sentiments qu'il m'inspirait qu'il convient de revoir.

Lui proposerais-je, puisqu'il est seul, visiblement abandonné des siens, de lui tenir lieu de famille ? de l'accompagner jusqu'au bout ? de prendre soin de ce corps décharné, de le laver et de le nourrir ? En fin de compte, je ne crois pas. Ce genre de dévouement n'est pas dans mes cordes, il requiert le secours d'un sadisme sublimé dont je suis dépourvu.

Alors, à quel vœu sinistre correspondent ces images de l'hôpital et de l'adonis foudroyé ? Est-ce que je ressemblerais à ce Dr Du Poirier de *Lucien Leuwen,* dont Stendhal écrit qu'il fut appelé au chevet d'un jeune homme et qu'*au matin il eut la joie de le voir mourir...* ?

Je sais bien maintenant que je ne le retrouverai pas. Mais, pour ma punition, je continuerai à le chercher.

Nous avions rendez-vous dans le hall de l'hôtel à neuf heures, et à neuf heures pile, il est là. Je lui ai promis trois cents piastres.

Il est grand, mince et bien découplé. Il n'est pas régulièrement beau, mais ses traits expriment une sensualité primitive. Il a une peau d'Abyssin et des yeux très noirs où se lisent l'avidité et aussi une constante inquiétude. Il m'explique qu'il va sortir, rebrousser chemin sur une centaine de mètres, héler un taxi qu'il fera arrêter devant la porte de l'hôtel, je n'aurai qu'à y monter très vite. Il ne veut pas être vu en ma compagnie, du moins, pas aux abords de l'hôtel.

Je fais comme il dit, exactement. Le taxi s'arrête, je monte. Il m'a raconté qu'il habitait une chambre dans un lointain faubourg. J'imagine de quelle sorte de taudis il peut s'agir. Ça ne me gêne pas. J'ai conscience d'être très imprudent. Il y a, dans l'attitude de ce garçon, quelque chose d'énervé, de perpétuellement sur le qui-vive, qui ne m'inspire pas confiance. Pourtant, je sais que j'irai jusqu'au bout de cette imprudence, qu'elle est nécessaire et que j'en commettrai d'autres.

Il me revient qu'un soir, il y a une trentaine d'années au moins, je me trouvais, au milieu du désordre de l'emménagement d'un petit appartement de rez-de-chaussée, dans le quartier de Pangrati, à Athènes. J'y rendais visite à un ami peintre qu'hébergeait un écrivain de quelque renom alors, auteur d'un roman intitulé *La Troisième Couronne*. Cet homme que je n'ai jamais vu, je l'entendais aller et venir dans la chambre voisine où il était occupé à se travestir en femme. Parfois, par la porte entrebâillée, il criait le nom du peintre : « Alexis ! » et commandait à celui-ci de lui apporter tel ou tel des accessoires nécessaires à sa transformation, qui était rangé dans la pièce où nous bavardions. Il n'avait pas voulu se montrer à moi. Vers minuit, il était sorti par une porte donnant directement sur le vestibule et il était allé, comme tous les soirs, semblait-il, faire le trottoir dans les jardins du Zappeion.

Environ quinze ans plus tard, j'ai appris la nouvelle de son assassinat dans ces mêmes jardins.

Lorsqu'un tel incident révèle les détails de la double vie d'un créateur, les commentaires sont unanimes à déplorer le désir de mort, la part d'ombre, la compulsion terrible. Comme si cette vie de servitudes honteuses s'était développée, à la manière d'un chancre intime, aux dépens de l'autre, tout à la gloire et aux prouesses du génie.

Il me semble au contraire que l'auteur de *La Troisième Couronne* aura exercé longtemps dans les mêmes lieux une pratique qui lui valait des satisfactions, des joies peut-être, et, à en juger par sa persévérance, distrayait son existence.

S'il y avait dans sa vie une part honteuse, ce ne pouvait être que celle dévolue à la littérature.

Il fait arrêter le taxi sur une large avenue de la périphérie, dans un quartier aéré et désert. Il descend et me dit de le suivre à une vingtaine de pas de distance. Il tourne dans une rue perpendiculaire plus sombre, bordée de petites maisons entourées de jardins. Je le suis toujours, mais je ne comprends pas où nous allons. Je doute qu'il habite là. Il n'a pas le « profil » de ce quartier résidentiel, c'est le moins qu'on puisse dire. Il s'arrête au bout de la rue pour m'attendre. Il m'explique qu'il y a par ici des coins sombres, des arbres, qu'on va s'arranger. Je refuse. Je lui donne les trois cents piastres promises et je m'en vais.

Maintenant, c'est lui qui me suit. Je lui dis que c'est inutile, qu'il n'obtiendra pas plus d'argent, mais il semblerait que ce ne soit pas cela son objectif. Il me reproche de ne pas remplir le contrat, de manquer à une partie de mes engagements. Il veut décharger.

Il part en éclaireur puis revient vers moi. Ou bien il se laisse dépasser et me rattrape encore. De temps en temps, il s'arrête et me siffle doucement en me désignant un endroit qu'il juge suffisamment abrité. Je fais non de la tête.

Je crois un instant qu'il a disparu dans une allée de traverse, mais il resurgit devant moi et m'attire fermement jusqu'à un bosquet de lauriers, au milieu d'une placette, au pied d'un immeuble. Il s'agit d'un terre-plein privatif assez obscur que quelques arbres déguisent en jardin. On ne voit de lumière que dans un seul des appartements de l'immeuble. On distingue, au troisième, le décor d'une cuisine où une femme est en train de ranger de la vaisselle.

Je me refusais à faire ce que je vais faire, mais c'est un peu comme avec le vieil amiral V., la réitération exaspérée du refus se change brusquement en un consentement plus total.

Je me laisse glisser le long de ses jambes.

Le goût du latex et les coups de butoir du gland contre la paroi interne de ma joue ne font pas grand-chose pour mon exaltation sexuelle. Tout en basculant un peu la tête afin de suivre du regard le va-et-vient de la ménagère qui range sa cuisine, j'essaie de diriger le va-et-vient du chibre gainé pour qu'il ne m'étouffe pas. J'ai mis un genou à terre et je pose mes mains sur les fesses du jeune homme qui réagit à cette familiarité par un cabrement nerveux. Il me croit animé d'intentions incompatibles avec sa virilité. Mes mains sur son cul ne sont pas les préliminaires d'une invasion plus indiscrète, mais à mon âge, quand on plie le genou, il faut bien se retenir à quelque chose.

Bill Clinton avait raison. La fellation n'est pas à proprement parler un geste sexuel, elle participe du social autant que du sexuel. Dans ce qu'elle scelle de l'intimité entre deux personnes, elle est plus proche de la poignée de main échangée que du coït. Évoquant des précédents illustres à mon geste, je songe que Marlene Dietrich s'inclina ainsi pour rendre hommage au génie sarcastique de George Bernard Shaw et que le cardinal Spellmann, en visite sur le front du Pacifique, dans cette posture de génuflexion qui est aussi celle de la prière, œuvra, dit-on, pour le réconfort des troupes.

Je reprends mon souffle. Je pose le front contre sa toison pubienne bouclée serrée comme chez les nègres. Je chatouille de la pointe de la langue la base de son sexe, je lèche la peau des bourses en suivant à travers le poil la ligne du raphé, j'aspire délicatement chaque testicule que je fais rouler entre mes lèvres. Ces privautés me réservaient une surprise délicieuse, on pourrait presque dire succulente, ce garçon épicé a les couilles qui sentent le safran.

Je m'installe de plus en plus confortablement dans cette vie provisoire, je m'y enfonce. Je suis connu, repéré, on sait ce que je cherche.

J'évite les hordes de touristes occidentaux qui marchandent les turquoises et les lapis-lazulis. Ils me font horreur en ce qu'ils me présentent un miroir où je ne peux pas tout à fait ne pas me reconnaître. J'étends à tout l'Occident insipide le dégoût qu'ils m'inspirent. S'il reste un peu de civilisation quelque part, pour déglinguée et misérable qu'elle soit, j'ai l'impression que c'est ici.

Je continue à visiter des maisons que je n'achèterai pas. L'autre jour, l'agent immobilier qui me cornaque à travers les ruelles et les cours s'était abouché avec un de ses jeunes confrères pour me proposer un palais féerique. Une Européenne s'était jointe à notre équipée, on ne m'avait pas dit à quel titre. Puis, profitant de ce que le jeune homme et la femme nous distançaient de quelques pas, l'agent immobilier m'avait appris que ces deux-là avaient le projet de se marier prochainement et d'ouvrir ensemble un hôtel. La fiancée avait une bonne quarantaine d'années de plus que le jeune homme. Elle était en outre de ces femmes dont on devine, rien qu'en les regardant, qu'elles n'ont jamais été jolies, même à vingt ans. Elle était venue ici pour y trouver, en somme, la même chose que j'y cherchais moi-même, une illusion de revanche.

Le palais féerique, carrelé de neuf, ressemblait à un immense lavabo et je n'avais pas manifesté de velléité d'en faire l'emplette. L'Européenne, soucieuse de la commission de son amant, avait tenté de m'influencer. Cette femme et moi, nous chassions le même gibier, elle le devinait et c'est dans cette perspective implicite qu'elle m'avait vanté la commodité du palais, très privé, mais qui possédait deux issues sur deux ruelles parallèles. Devant ma détermination, elle avait fini par renoncer et nous avions bavardé un moment de choses et d'autres, évoquant certaines des raisons qui mêlaient, si tardivement, ce pays à nos destins respectifs. A propos des gens d'ici, elle m'avait dit – et je crois que son regard désignait alors son fiancé sans qu'elle en eût tout à fait conscience : « Ils sont voleurs, menteurs, on ne peut pas s'y fier, mais ils ont une humanité... » Cette femme laide m'avait plu pour son cynisme mesuré qui ressemblait à de la sagesse.

Il y a des rencontres moins agréables. Je regardais passer dans la rue un autre Européen solitaire, une sorte de gnome roussâtre, bardé de clous et tout de noir sanglé dans des vêtements trop étroits. Je m'émerveillais de sa silhouette surannée au moment où je l'avais vu rattrapé par un grand escogriffe à la face vérolée, qui lui avait passé un bras autour de la taille. Le gnome ravi avait levé la tête pour jeter à cet approximatif prince charmant un regard de brave chienne. La vision de ce hideux bonheur m'a poursuivi toute une journée.

Il me revient un autre souvenir curieux datant des années de mon enfance. D'anciennes relations de ma grand-mère se présentent à l'improviste – à une époque où l'usage de déposer des cartes n'avait pas encore totalement disparu. Ces gens qui vivent dans le Nord où ils possèdent des filatures sont de passage. Ma grand-mère les reçoit. Elle les imagine riches, donc elle les envie et les jalouse. Au bout de quelques minutes de conversation, elle est soulagée de ces sentiments. Les T. lui ont appris que leur fille unique est morte et qu'ils ont perdu leurs usines. Ils sont tombés dans la gêne et en sont réduits à bazarder leurs dernières belles choses. S'ils sont à Paris, c'est pour y faire le tour de leurs relations fortunées et tenter de vendre ainsi un magnifique Aubusson fabriqué pour la chambre de Stanislas Leczinsky au château de Luxeuil. Amèrement divertie du malentendu, ma grand-mère leur révèle à son tour ce qu'un reste de décorum et la présence d'une domestique pour ouvrir la porte ne permettent pas encore de deviner : qu'elle en est au même point qu'eux...

Je suis témoin, à la dérobée, de la fin de cette scène d'un Guitry noir, c'est au moment des aveux croisés. J'assiste alors à un genre de minute de silence. Ces trois vieillards tassés par la dégringolade sociale se retrouvent dans la même détresse qui tient autant, je le devine, à l'intuition de la fin de l'existence qu'à la perspective qu'ils n'auront bientôt plus de quoi payer leur bonne. J'en déduis que la vie vous prend tout. Elle y met le temps, mais elle vous prend tout.

Si je me sens bien parmi ces gens, c'est que mon dénuement est égal au leur, même s'il n'y ressemble pas. Je n'imaginerais pas de leur dire une chose pareille, ils ne la comprendraient pas, elle les révolterait ou les ferait rire. Pourtant c'est vrai. Une fois pour toutes, la vie m'a mis du côté de ceux qui n'ont rien. Donc, de leur côté.

Je sais qu'on ne voit en moi qu'une source possible de profit. Je m'en réjouis, cela simplifie les choses. Séduire, même quand c'était encore possible, m'a toujours paru une entreprise harassante et si aléatoire que j'hésitais à m'y investir. Je n'avais jamais les bons outils, j'étais rarement dans l'humeur qu'il faut, je détestais mon physique pour ce qu'il dénotait, je sentais qu'il ne me ressemblait pas. Jeune, j'étais plutôt du type déliquescent des brumes, avec une finesse de traits sans éclat, des grâces languides de poitrinaire bien né, à faire arquer dans le Bassin méditerranéen où c'est un fantasme courant de vouloir se taper Petit Lord Fauntleroy. Les rides, la calvitie et la barbe m'ont donné une tête de proconsul, de proconsul sans appui au Sénat et qui n'accédera pas à l'immortalité du marbre, de proconsul aigri par l'injustice des mutations pannoniennes. A tout prendre, cette tête-là est plus proche de ma vérité.

Je passe des heures au hammam, dans le fond de la pièce chaude, à regarder la vapeur se condenser au plafond en gouttelettes grisâtres. On me lave, on m'étrille, on me masse. Je reviens tous les jours.

Deux masseurs rivaux dans le même établissement briguent ma clientèle. L'un d'eux, un petit brun frisé à qui il manque quelques prémolaires, a une grande douceur dans les doigts et me malaxe jusqu'à m'endormir. Il s'appelle Hussein et me recommande, chaque fois que je viendrai, de demander Hussein. C'est ce que je fais, mais l'autre masseur qui s'appelle Ali prend ombrage de cette préférence. Il est jaloux des pourboires d'Hussein. Ali et Hussein finissent par s'entendre pour se partager ma pratique. Il y a ainsi les jours d'Hussein et les jours d'Ali. Ali voudrait bien faire, mais c'est fondamentalement une brute. Il me ponce et me frotte comme un carrelage de cuisine. Depuis quelque temps, je sens qu'il cherche un moyen d'obtenir davantage d'argent de moi. Il n'ose pas encore des avances directes que la présence des autres clients autour de nous rend malaisées, mais je lis dans son regard la lueur d'excitation mercantile du marchand de tapis sur le point de faire affaire. Je ne lui facilite pas la tâche. Je ne tiens pas à ce que des choses se passent, tout ce qui m'intéresse, c'est qu'elles soient possibles.

Ma complicité avec Hussein est plus complète et tout à fait innocente. Je m'abandonne à la dextérité de ses doigts sensibles. Ces caresses ont beau être payantes, celles-là et les autres, j'ai l'impression ici – c'est bête à dire et c'est surtout bien improbable – d'être touché comme lorsqu'on est un peu aimé.

Hussein a insisté pour m'inviter à déjeuner chez lui. La perspective de ce festin ne m'enthousiasmait pas, mais un refus aurait constitué une offense. Je m'en suis tiré en expliquant que je ne déjeunais pas, qu'un verre de thé suffirait.

Nous avons rendez-vous devant le hammam. Je le vois habillé pour la première fois, il a mis une veste râpée, il est venu avec son fils, un bambin de six ou sept ans.

Hussein habite une grande cave sans autre aération que la porte qui donne sur l'escalier. Il me présente à sa femme dont je suis surpris de voir qu'elle a le même âge que lui, sinon un peu plus. Il m'expliquera plus tard que la cave a été achetée avec sa dot. La conversation entre nous est très limitée par le fait qu'il ne parle vraiment ni français ni anglais. Il me montre des photos de son mariage et de la fête organisée pour la circoncision de son fils. Sur l'une des photos, l'enfant, un peu groggy, trône parmi les invités, le sexe enveloppé d'une poupée de gaze tachée de sang. Il y a aussi une petite fille plus jeune qui voudrait bien être admise près de son père. Mais chaque fois qu'elle échappe à sa mère pour nous rejoindre, Hussein, avec douceur et fermeté, la renvoie dans sa cuisine.

Nous avons bu le thé et je cherche un prétexte pour partir quand je vois arriver le plat de pilaf aux boulettes de viande. Je suis soudain très agacé. Mon irritation, hors de proportion avec l'insignifiant contretemps qui la provoque, a une autre cause que je connais. Si j'aime être ici, j'aime aussi ne m'attarder nulle part. Je veux passer. Dès qu'on me retient dans un lieu, c'est toutes les raisons que j'aurais de ne pas y être qui m'apparaissent. Qu'est-ce que je fais dans ce sous-sol, en train de manger du riz avec ce masseur édenté ?

A peine me suis-je posé la question que je ressens un grand calme et un curieux contentement. Je conviens que j'ai de la chance. Si les circonstances de ma vie avaient été un peu différentes, si les choses avaient tourné autrement, je pourrais être en train de déjeuner chez Jean d'Ormesson.

Je quitte Hussein à l'heure de la quatrième prière.

Je marche sans but précis. Devant moi, un vieillard en turban jaune tire un bouc au bout d'une corde. Il a entravé la patte avant du bouc dans un nœud de la corde. Il le tire rudement, comme on traînerait un paquet, et la patte sera sans doute cassée quand ils arriveront chez l'égorgeur. Le bouc ne s'enfuira pas.

Dans les rues, on note une plus forte proportion d'hommes en djellaba, les hardes occidentales ont presque disparu. Nous sommes vendredi. Les djellabas bleues sont les plus nombreuses, il y en a aussi des brunes, des noires, des vert céladon. Les djellabas blanches sont assez rares.

Quelque chose d'attentif, chez moi, de toujours en alerte, continue à le guetter. Pourtant, il est déjà loin sur le chemin de l'oubli. D'autres l'incarneront encore, aussi bien ou aussi mal que Farid l'a incarné, aussi brièvement.

Il m'arrive parfois de vouloir rompre le charme de cette quête indéfinie : je décide de passer une annonce dans les journaux, d'engager un détective, de retourner dans les endroits où je l'ai vu pour interroger les gens qui l'ont côtoyé. Puis je renonce.

Quelquefois, je me dis qu'il n'existe pas, qu'il n'a jamais existé, que ma nostalgie le confond avec la fraîcheur de ma jeunesse dont je n'ai pas fait grand-chose non plus. Mais ça n'y change rien, je ne peux pas cesser de le poursuivre.

C'est comme quand on avance dans une rue en cherchant une maison dépassée depuis longtemps. On avance toujours, les yeux en quête d'un point de repère. On ne reconnaît rien, on se dit que c'est un peu plus loin puis un peu plus loin encore. On ne fait pas attention à l'heure qui tourne. On ne voit pas qu'autour de soi les passants se raréfient, les vitrines brillamment décorées s'espacent, que le soir tombe... Bref, on ne sait pas vers quoi on va. Ou plutôt, on sait.

17 août – 3 octobre 2000

Impression réalisée sur les presses de

BUSSIÈRE

GROUPE CPI

à Saint-Amand-Montrond (Cher)
pour le compte des Éditions Stock
en février 2001

54-5338-6

N° d'édition : 8956. — N° d'impression : 010389/1.
Dépôt légal : février 2001.

Imprimé en France

ISBN 2-234-05338-2